David und Anne

Eva Tara Seifert

David und Anne

Kriminalroman

Bibliografische Information der Deutschen Nationalbibliothek:
Die Deutsche Nationalbibliothek verzeichnet diese Publikation
in der Deutschen Nationalbibliografie;
detaillierte bibliografische Daten sind im Internet
über http://dnb.dnb.de abrufbar.

Herstellung und Verlag: BoD – Books on Demand, Norderstedt

ISBN: 978-3-7583-4136-6

1. Kapitel

Wie ich das, was ich erfahren habe, lösen soll, weiß ich noch nicht. Es darf nicht weitergegeben werden. Alles in meinem Leben hängt davon ab, dass die Personen, die es wissen, schweigen werden. Alles, was ich mir aufgebaut habe, ist gefährdet. Sie müssen beseitigt werden.

Dass es nur wenige sind, weiß ich jetzt. Vor allem ist zu überlegen, wen ich zuerst beseitigen muss. Es gibt keine andere Lösung, als die Wissenden zum Schweigen zu bringen.

Wahrscheinlich ist ihnen gar nicht klar, was für Konsequenzen die Weitergabe der Mitteilung für mich hat. Sie werden gar nicht verstehen, warum sie nicht darüber sprechen dürfen.

Ich muss genau planen. Bei der Durchführung darf nicht der Hauch eines Verdachts auf mich fallen.

Ich muss alles allein machen und Komplikationen im Voraus bedenken.

Es wird nicht einfach sein, und mir selbst graut es vor dem, was ich tun muss.

Staatsanwältin Anne Hofer setzt sich mit einer Tasse Kaffee auf ihre sonnige Terrasse. Ihre

Katze hat es sich auf ihrem Schoß bequem gemacht und schnurrt genüsslich.

Das Telefon klingelt, Anne hebt ab. »Guten Morgen, Frau Schneider. Ja, ich habe an diesem Wochenende frei. Warum soll ich zu einem Leichenfund kommen? Sie können Hauptkommissar Born anrufen. So, er ist schon da, und hat Sie gebeten, mich anzurufen? Es ist jemand, den ich kenne, sagt er? Gut, wenn Herr Born sagt, dass es wichtig ist, komme ich selbstverständlich. Beschreiben Sie mir bitte noch den Fundort, ich mache mich gleich auf den Weg. Und fragen Sie Herrn Born bitte, ob mein Mann mitkommen kann, wir haben noch etwas vor.«

Anne hört eine ganze Weile zu. Dabei verfinstert sich ihre Miene zusehends. Ihre rechte Hand, die dabei war, den Milchschaum auf ihrem Kaffee mit einem kleinen Löffelchen zu verrühren, hält inne.

Anne verabschiedet sich von der Anruferin, hierbei ist ihre Stimme plötzlich tonlos. Es hat den Anschein, als wäre die Sonne an diesem freundlichen Samstagmorgen weit vor der Zeit schon wieder untergegangen. Sie kann es nicht begründen, aber sie hat ein Gefühl, dass etwas Unheilvolles geschehen ist, etwas, das unmittelbar mit ihr zu tun hat.

Anne seufzt und atmet einmal tief durch, dann

ruft sie in Richtung Terrassentür ihrem Mann zu.

»Max, Kommissarin Schneider hat angerufen. Ich muss los, ich soll zu einem Leichenfund am Mainufer kommen. Du kannst mitkommen, wenn du magst. Ich ziehe mich noch schnell um.«

Anne geht hinein ins Haus. Die Sonne hat sich hinter den Wolken versteckt.

Für den Samstag haben sich Max und Anne vorgenommen nach Bad Homburg zu fahren. Die Kurstadt Bad Homburg liegt nördlich von Frankfurt am Fuße des Taunus, nur zwanzig Kilometer entfernt.

Die Luft ist dort so prickelnd gut, dass man von Champagnerluft spricht. Anne möchte dort einkaufen und anschließend mit Max gut essen gehen. Gerrit, Annes Sohn aus erster Ehe, hat in Bad Homburg eine Zahnarztpraxis. Er wohnt in Köppern, einem Ortsteil von Friedrichsdorf, nur sieben Kilometer von Bad Homburg entfernt. Sie sind für den Nachmittag bei ihm zum Kaffee eingeladen.

Anne freut sich auf den Nachmittag, in den letzten Wochen konnte sie sich nur selten freinehmen. Kleine Geschenke für die Enkelkinder wurden schon eingepackt. Am Sonntag wollen Anne und Max auf das Hofgut in der Nähe von Darmstadt fahren. Das Gut ist ein alter Familienbesitz, der von ihrem Bruder Karl-Heinz verwaltet wird.

Anne ist beim Ankleiden nachdenklich. Ein eigentümliches Gefühl von kommendem Unheil bedrückt sie seit dem Telefonat.

Sie hat sich schick angezogen: eine lindgrüne Bluse, eine schwarze Hose und eine leichte, weiße Jacke. Die Schuhauswahl fällt ihr schwer, es sind so viele. Wegen des zu erwartenden unwegsamen Geländes entscheidet sie sich für Turnschuhe.

Max steht bereit und wartet ungeduldig, dass sie endlich fertig wird.

Als ihm Anne entgegenkommt, umarmt er sie und meint: »Was habe ich doch für eine wunderschöne Ehefrau! Lass uns losfahren.«

Anne Hofer ist Staatsanwältin. Damit verwirklichte sie sich ihren Traum von diesem Beruf nach ihrem Jurastudium.

Sie ist ehrgeizig, in ihrem Beruf erfolgreich und eine eindrucksvolle Persönlichkeit. Sie gilt als intelligent mit starker Intuition, auf die sie sich verlassen kann. Sie trifft oft Entscheidungen aus dem Bauchgefühl heraus, und hat damit bei Ermittlungen viele Erfolge erreicht. Intuition kombiniert mit klarem Verstand ist ihr »Erfolgsgeheimnis«.

Sie betreibt viel Sport, reitet, spielt Tennis. Dem

Sport verdankt sie ihre schlanke, durchtrainierte Figur. Mit Max läuft sie jeden Tag morgens vor dem Frühstück eine Strecke durch den nahegelegenen Wald. So bekommt sie einen klaren Kopf und Elan für den Tag. Max, der dazu neigt, schnell zuzunehmen, muss morgens von Anne oft zur Begleitung überredet werden. Annes schwarze, lockige Haare und dunkle Augen sind ihr Schönheitsmerkmal.

Schon nach kurzer Zeit erreichen sie das Mainufer. Frau Schneider hat Anne den Weg zum Parkplatz unweit des Fundorts genau beschrieben. Sie stellen das Auto ab und gehen los. Es fängt an zu regnen. Der böige Wind ist kalt, Anne fröstelt unterwegs unter dem Schirm.

Am Fundort angekommen, sieht Anne, dass alles weiträumig abgesperrt ist. Hauptkommissar Hendrik Born geht langsam auf Anne zu und sie sieht, dass er ein Problem hat, Fassung zu bewahren. Dann nimmt er sie in die Arme.

»Anne, es tut mir leid, es ist ganz schrecklich, was du dir ansehen musst. Die Tote ist deine Nichte Sina. Der Hund einer Spaziergängerin hat sie hier, unweit des Weges, in einer Mulde gefunden.«

Anne fängt an zu zittern. Sofort sammeln sich Tränen in ihren Augen. »Was sagst du da? Das kann nicht sein, das kann nicht sein.« Max wird blass und legt einen Arm schützend um Annes Schultern.

Mit Hendrik gehen sie zu Sinas Leiche. Anne wird von Max geführt, denn ihr Blick ist von Tränen verschleiert und sie zittert heftig. Es ist kalt und regnet jetzt stark. Sie treten unter das Zelt, das über dem Fundort aufgestellt wurde.

»Auch der Himmel weint«, sagt Anne zu Hendrik. Weil es regnet, sind nur wenige Menschen unterwegs und stehen geblieben, um zu beobachten, was geschehen ist. Ein Beamter steht an dem Weg und fordert die Gaffer, die mit ihren Handys Aufnahmen machen wollen, auf weiterzugehen.

Anne sieht ihre Nichte Sina und fängt nun an heftig zu weinen. Sina hat eine Kopfwunde. Anne bückt sich zu ihr und muss sich beherrschen, damit sie sie nicht in die Arme nimmt. Sie sieht eine große Wunde seitlich am Kopf, Sinas blasses Gesicht sieht friedlich aus.

Anne steht auf und lehnt sich an Max. Sie weint, kann nicht glauben, dass Sinas Leben so früh und grausam beendet wurde, sie war doch erst 24 Jahre alt.

In der Umgebung sind keine Blutspuren zu erkennen, sie ist also nicht hier ermordet worden, stellt Anne fest. Der Fundort ist wohl in der Hoffnung ausgesucht worden, dass die Leiche nicht zu schnell entdeckt wird.

Viele Kollegen der Spurensicherung haben Sina, die Nichte von Staatsanwältin Hofer und eine Freundin von Hauptkommissar Hendrik Born, gekannt.

Sina war, wie ihre Tante und ihre Mutter, eine Schönheit. Im Unterschied zu den beiden hat sie blonde, lockige Haare und blaue Augen, die sie von ihrem Vater geerbt hat. Ihre Haare liegen ausgebreitet um ihren Kopf. Um die Wunde sind sie von Blut getränkt, die Wunde muss demnach sehr stark geblutet haben. Es ist auffällig still, eine bedrückende Stimmung hat sich unter den Kollegen breitgemacht.

Anne kennt Hauptkommissar Hendrik Born gut. Er ist der Sohn von Nachbarn, mit denen sie befreundet ist. Er ist mit ihrer Tochter Linda und den Kindern ihrer Schwester Kerstin, Sina und Collin, aufgewachsen. Es ist auch für ihn unfassbar, seine Freundin hier tot liegen zu sehen.

Der Pathologe Dr. Kramer ist ebenfalls schon da und geht auf Anne zu. Er nimmt sie in die Arme. Sie kennen sich gut, sind befreundet.

»Anne, es tut mir so leid. Ich weiß, wie sehr du Sina geliebt hast. Ich habe sie doch auch gut gekannt. Ich kann dir nur sagen, dass Sina nicht gelitten hat. Sie ist mit einem schweren Gegenstand getötet worden, mit nur einem Schlag, war mit Sicherheit sofort tot. Der Mörder muss sie unerwartet angegriffen haben. Der Schlag ist mit großer Kraft ausgeführt worden. Ich fange mit der Obduktion noch heute an und werde dich über das Ergebnis benachrichtigen.«

Er drückt Anne noch einmal fest an sich, dann wendet er sich wieder der Leiche zu. Anne folgt ihm mit ihrem Blick, sie kämpft um Fassung.

Max hat Dr. Kramer, als er Anne umarmt hat, beobachtet. Er kann seine Eifersucht auf ihn selbst in dieser Situation nicht ganz unterdrücken.

Anne schaut noch einmal Sinas Leiche an und wendet sich Hendrik zu. Sie weint, es fällt ihr schwer, sich zusammenzunehmen.

Sie sagt leise: »Hendrik, ich muss zu ihren Eltern fahren. Es ist sonst deine Aufgabe, aber in diesem Fall muss ich zu meiner Schwester fahren und ihr die schlimme Nachricht selbst überbringen. Das ist das Schlimmste in unserem Beruf – Eltern den Tod ihres Kindes mitzuteilen. Jetzt muss ich eine solche Nachricht meiner Schwester überbringen. Ich habe Angst um Kerstin, es wird ein schwerer Schock für die Eltern sein. Für den Vater war Sina einfach perfekt, sein Liebling. Sie hat erst vor Kurzem ihr Architekturstudium mit Auszeichnung abgeschlossen. Robert war so stolz auf sie.«

Anne umarmt noch einmal Hendrik. »Hendrik, wir fahren jetzt los. Wenn du hier fertig bist, komm bitte auch dort hin. Alles Weitere besprechen wir später.«

»Ich komme, sobald ich hier wegkann.« Er schaut Anne traurig an. Er wischt sich die Augen mit dem Taschentuch ab, damit man nicht sieht, dass sie voller Tränen sind. »Hendrik, du brauchst dich für deine Tränen, deine Trauer, nicht zu schämen«, sagt Anne.

»Schau dich um, fast allen, die hier sind, geht es genauso. Du weißt, dass sie Sina gut gekannt haben und über das Verbrechen entsetzt sind. Sie hat dich ja oft am Revier abgeholt und dabei in ihrer herzlichen Art die Herzen deiner Kollegen gewonnen«, tröstet Anne Hendrik, obwohl sie selbst Trost braucht. Die Tränen laufen ihr über die Wangen und hinterlassen schwarze Spuren von der Wimperntusche.

Bin gespannt, wann die Leiche gefunden wird. Ob es ein Fehler war, als Erste Sina zu beseitigen, weiß ich nicht. Habe da keine Übung. Na ja, passiert ist passiert. Hat sich so ergeben, weil sie mir gleich gesagt hat, wer es sonst noch weiß. Erst wusste ich nur von zwei Personen, die es erfahren haben. Jetzt weiß ich, dass sie die dritte war.

Schade, dass ich Sina umbringen musste, diese Schönheit. Sie hat überhaupt nicht kapiert, wie wichtig es für mich ist, dass es niemand erfährt. Sie hat geredet und geredet, als ob das eine Kleinig-

keit wäre. Mit ihrem Gerede hat sich mich so genervt, dass ich voller Wut nur einmal so kräftig zugeschlagen habe, dass sie gleich tot war. Ich muss die Reihenfolge überlegen. Gut, dass sie gesagt hat, dass es wirklich nur drei Personen gibt, die Bescheid wissen.

Ich bin zwar kräftig und durchtrainiert, aber allein hätte ich es nicht geschafft, Sinas Leiche wegzubringen. Es ist weit von dem Parkplatz bis zu der Mulde, wo wir Sina abgelegt haben. Ich hätte sie unterwegs ablegen müssen. Die Spuren, die dabei entstanden wären, hätten eventuell zu mir führen können. Das Risiko konnte ich nicht eingehen.

Mein Freund hat mir geholfen. Nicht gern, aber egal. Ob er als Mitwisser zuverlässig ist? Wir kennen uns seit der Grundschule und sind seitdem befreundet. Sonst muss ich schon jetzt überlegen, ob ich ihn zum Schluss ebenfalls beseitigen muss. Das wäre schrecklich. Aber, falls es notwendig wird, muss es sein.

Anne und Max gehen zurück zum Parkplatz und bleiben erst eine Zeit lang im Auto sitzen. Anne weint.

»Komm, wir fahren los,« sagt Max nach einer Weile. »Es nützt nichts, wir müssen zu ihnen.« Unterwegs versucht Anne, die Tränenspuren abzuwischen, damit Kerstin nicht gleich erschrickt.

Annes Schwester Kerstin ist eine bekannte Künstlerin. Ihre Bilder stellte sie bereits in mehreren Galerien aus.

Sie studierte Architektur und Kunst. Nach dem Studium hat sie in der Firma Klein angefangen und Robert, den Inhaber der Firma Klein, kennengelernt. Kerstin und Robert sagen beide, dass es Liebe auf den ersten Blick war.

Robert war damals geschieden und hatte aus der ersten Ehe eine Tochter namens Lisa.

Sie haben schnell geheiratet und bald ihre Kinder Sina und Collin bekommen.

Mit Lisa gab es von Anfang an für Kerstin Probleme, die bis heute geblieben sind. Lisas Mutter, die gleich nach der Scheidung geheiratet und einen Sohn bekommen hat, durfte Lisa oft besuchen. Sie hoffte immer, dass ihre Mutter wieder zu ihrem Vater zurückkommt, Kerstin wurde von ihr nur als Störfaktor gesehen.

Obwohl Lisa weiß, dass ihr Vater Kerstin kennengelernt hat, als er schon von ihrer Mutter geschieden war, gibt sie ihr die Schuld an der Trennung ihrer Eltern. Stur beharrt sie auf der Meinung, dass ihre Eltern ohne Kerstin längst wieder zusammen wären.

Vor dem Haus angekommen sehen sie, dass Kerstin und Robert von ihrer Wochenendreise zu Collin nach München zurückgekommen sind. Das Auto steht vor der Tür, Robert trägt gerade noch Koffer herein.

Collin studiert in München Architektur und Betriebswirtschaft. Nach Abschluss des Studiums wird er in der Firma seines Vaters arbeiten. Er ist, genauso wie Sina, ein ruhiger, aufgeschlossener Mensch, hat viele Freunde. Collin ist ein Jahr jünger als Sina, die Geschwister sind sich auffällig ähnlich.

Die Eltern besuchen ihn oft, er hat in München eine kleine Wohnung mit einer Freundin.

Max hilft Robert mit einem Koffer und sie gehen hinein. Anne sieht, dass Kerstin das Telefon in der Hand hält und versucht, Sina zu erreichen. Robert sieht Annes verweinte Augen und ahnt, dass sie schlechte Nachrichten hat.

»Anne, ist was passiert?«, fragt er besorgt.

Sie haben schon zum Teil ausgepackt und festgestellt, dass Sina nicht oben in ihrer Wohnung ist.

Sie sind nicht beunruhigt, denn Sina übernachtet manchmal bei ihrem Freund. In der letzten Zeit nicht mehr so häufig, es hat wohl Probleme in der Beziehung gegeben.

Anne geht zu ihrer Schwester und nimmt sie in die Arme. Es fällt ihr schwer zu sprechen, sie kann nicht verhindern, dass sie weint.

»Was ist los Anne? Was ist passiert?«, fragt Kerstin erschrocken.

»Kerstin, ich muss euch leider etwas Schlimmes mitteilen. Sina ist tot, sie ist ermordet worden. Sie ist am Mainufer gefunden worden. Ich komme von dort, es ist kein Irrtum möglich,« erzählt sie stockend.

Kerstin erstarrt erst, dann fängt sie an zu schreien. »Nein, nein, das ist nicht wahr, das kann nicht sein.«

Sie schreit und wehrt sich gegen die Versuche von Max und Robert, sie festzuhalten. Sie wird ohnmächtig. Die Männer fangen sie auf und tragen sie zu ihrem Bett ins Schlafzimmer. Robert kann sich selbst kaum auf den Beinen halten, er weint verzweifelt. Kerstin wird wach und Robert setzt sich zu ihr auf den Bettrand. Er hält sie fest in seinen Armen und streichelt ihr über den Rücken, beide weinen laut. Anne kann den Anblick kaum ertragen. Die Verzweiflung der beiden bricht ihr das Herz.

»Max, ruf schnell einen Arzt«, wendet sich Anne an ihren Mann. Sie hat Angst um ihre Schwester. »Kümmere dich um Robert, ich bleibe bei Kerstin.«

Robert geht mit Max ins Wohnzimmer, um den Arzt anzurufen. Max muss ihm das Telefon aus der Hand nehmen, weil Robert nicht in der Lage ist, die Tastatur zu bedienen. Anne setzt sich zu Kerstin ans Bett, drückt sie fest an sich, schaukelt sie sanft hin und her, streichelt ihr über die Haare. Sie selbst kann nicht aufhören zu weinen.

Es klingelt, der Arzt ist schnell da. Max bittet ihn herein und sie sprechen kurz miteinander. Der Arzt ist ein langjähriger Freund der Familie, er ist über die Nachricht ebenfalls erschüttert. Er gibt Kerstin eine Beruhigungsspritze und sie schläft schnell ein. Anne wartet, bis sie eingeschlafen ist. Sie setzt sich zu den Männern im Wohnzimmer an den Tisch, um Notwendiges zu besprechen.

Robert hat vom Arzt eine Beruhigungstablette bekommen. Er sitzt am Tisch, Anne legt ihre Hand auf seine Hände, die stark zittern.

»Ach, Anne, wie sollen wir ohne Sina weiterleben? Sie war unser Sonnenkind. Bitte, ruf Collin in München an, ich kann nicht sprechen. Er hat eine Freundin, bitte sie, dass sie mitkommt. Sie soll fahren, ich hätte sonst Angst, dass Collin verunglückt. Der Schock wird schlimm sein, sie hatten so ein inniges Verhältnis.«

Anne nimmt das Telefon in die Hand und geht in die Küche, um zu telefonieren.

Collin hebt ab. »Tante Anne, schön, dass du anrufst. Sind meine Eltern schon da?« Anne kann nicht gleich sprechen und Collin merkt, dass der Anruf nicht harmlos ist.

»Du rufst nicht wegen meiner Eltern an. Etwas stimmt nicht. Ist was passiert?«, fragt er besorgt. Anne holt tief Luft, sie nimmt sich zusammen, damit sie sprechen kann.

»Nein«, schreit er, als ihm Anne Sinas Tod mitteilt. Seine Stimme bricht, er weint und Anne kann nicht verstehen, was er sagt.

Sie wartet eine Weile und spricht weiter: »Collin, ich weiß doch, wie es dir geht. Fahre nicht gleich los. Bitte deine Freundin, dass sie mitkommt und fährt. Du sollst nicht selbst fahren. Alles Weitere besprechen wir, wenn du da bist. Wir fahren nach Darmstadt auf das Gut zu Karl-Heinz. Kommt bitte direkt dorthin.

Es tut mir so leid, wir sind alle geschockt und traurig. Deine Eltern brauchen dich. Also fahrt vorsichtig, wir sehen uns dann in Darmstadt«, verabschiedet sie sich. Sie legt auf, geht wieder zu Max und Robert und setzt sich zu ihnen an den Tisch.

Anne bleibt eine Weile sitzen, dann wendet sie sich ihrem Mann zu. »Max, bleibe bitte hier. Hendrik wird kommen, sobald er den Fundort verlassen kann.

Ich fahre ins Büro. Oberstaatsanwalt Dr. Redlich hat heute Dienst. Ich muss mit ihm sprechen und möchte mit ihm ausmachen, dass ich die Ermittlungen übernehme. Wir treffen uns zu Hause und bereiten alles vor, um auf das Gut zu Karl-Heinz zu fahren.« Nach dem Telefonat geht Anne ins Bad, um sich frisch zu machen. Die Tränen haben auf ihren Wangen wieder schwarze Spuren hinterlassen. Sie wäscht sich das Gesicht und trägt etwas Schminke auf. Als sie fertig ist, geht sie ins Wohnzimmer, bleibt bei Robert kurz stehen und umarmt ihn, bevor sie geht.

Im Auto bleibt sie eine Weile sitzen, um sich zu sammeln und fährt erst dann los. Durch den starken Regen ist es düster, sie muss beim Autofahren aufpassen. »Das Wetter passt zu meiner Stimmung. Wie kann es nur von einem Tag auf den anderen so unendlich traurig und trostlos werden?«, denkt sie.

Am Gericht angekommen, stellt sie ihr Auto ab und fährt mit dem Aufzug hoch zu ihrem Büro, wo sie sich an den Schreibtisch setzt und den Kopf auf die Hände stützt.

»Was für ein Alptraum«, denkt sie. »Was für ein Alptraum.«

Nachdem sie sich etwas beruhigt hat, nimmt sie den Hörer ab und ruft Oberstaatsanwalt Redlich an. »Herr Redlich, ich komme von einem Fundort, zu dem ich gerufen wurde. Meine Nichte Sina ist ermordet worden. Kann ich bitte sofort zu Ihnen kommen?«

Anne merkt an der Stimme, dass der Oberstaatsanwalt besorgt ist.

»Ich weiß es schon, Hauptkommissar Born hat mich benachrichtigt, wie schrecklich. Ja sicher, kommen Sie gleich.«

Der Oberstaatsanwalt empfängt Anne an der Tür und geleitet sie zu einem Stuhl am Schreibtisch. Er setzt sich ihr gegenüber und sie schweigen eine Zeitlang. Er lehnt sich zurück und sieht Anne an.

Dr. Redlich steht kurz vor der Pensionierung. Er ist bereits ganz ergraut, hat jedoch kaum Falten im Gesicht. Dadurch wirkt er wesentlich jünger. Er ist ein ruhiger, ernster Mann. Anne schätzt ihn als Vorgesetzten, er ist fair und weiß um Annes Fähigkeiten. Sie weiß, dass er sich dafür einsetzt, dass sie seine Nachfolgerin wird.

»Mein aufrichtiges Beileid, Frau Hofer. Ich weiß, dass der Tod Ihrer Nichte für die ganze Familie ein schwerer Schicksalsschlag ist. Ihre Schwester wird Sie ganz besonders brauchen. Ich möchte Ihnen empfehlen, dass Sie sich ein paar Tage frei nehmen, damit Sie sich um Ihre Schwester kümmern können.

Es wird einen Medienrummel geben, wenn der Tod Ihrer Nichte bekannt wird, dem sollten Sie sich nicht aussetzen.

Ich werde dafür sorgen, dass die Obduktion so schnell wie möglich stattfindet und Sinas Leichnam freigegeben wird«, versichert er. »Bis zur

Beerdigung können Sie sich auf jeden Fall frei nehmen.«

Anne sieht den Oberstaatsanwalt an und ist für seinen Vorschlag dankbar.

»Ist es möglich, dass Hauptkommissar Hendrik Born die Leitung der Sonderkommission übernimmt, die jetzt gebildet wird? Ich möchte Sie bitten, nach der Beerdigung von Sina die Leitung der Ermittlungen mir zu übertragen. Ich weiß, dass das als Familienangehörige wegen Befangenheit und Interessenskonflikt nicht üblich ist. Möchte Sie aber trotzdem darum bitten«, sagt Anne eindringlich.

»Ich kenne Ihre Kompetenz und Fähigkeiten, Sie sind eine starke Frau. Deshalb werde ich eine Ausnahme machen. Das kann ich Ihnen zusagen. Ich weiß, dass Ihnen die Tatsache, dass Sina Ihre Nichte ist, bei Ihrer Arbeit nicht hinderlich sein wird. Bis zur Beerdigung werde ich die Leitung der Sonderkommission Hauptkommissar Born übertragen«, verspricht Dr. Redlich.

»Dass es wichtig ist, dass wir nicht hier in Frankfurt bleiben, das weiß ich. Wir haben schon beschlossen, uns zurückzuziehen. Ich nehme an, dass die Beerdigung frühestens nächsten Donnerstag oder Freitag stattfinden kann. So lange werde ich bei meiner Schwester bleiben. Wenn ich zurück bin, bin ich ganz sicher in der Lage, die Leitung der Ermittlungen zu übernehmen. Danke!«, sagt Anne.

»Ich werde gleich alles organisieren«, erklärt Dr. Redlich. »Hauptkommissar Born wird mir, bis Sie zurück sind, berichten.

Die Sonderkommission wird sofort gebildet. Kommissarin Schneider und Kommissar Roth werden Herrn Born zugeteilt. Sie sind ein gutes Team und haben schon viel Erfolg in ihrer Zusammenarbeit gehabt. Zwei weitere Beamte werden noch der Soko zugeteilt. Wir wollen erreichen, dass der Mord an Ihrer Nichte schnell aufgeklärt wird. Bei Bedarf kann Hauptkommissar Born noch weitere Beamte anfordern.«

Oberstaatsanwalt Redlich steht auf und reicht Anne die Hand. »Frau Hofer, ich wünsche Ihnen viel Stärke in der nächsten Zeit.

Dr. Kramer hat zugesagt, dass er den Bericht über das Ergebnis der Obduktion so schnell wie möglich an mich weitergeben wird. Ich werde dann sofort den Leichnam Ihrer Nichte freigeben, damit Sie die Bestattung organisieren können«, verabschiedet er sich.

Anne ist erleichtert über die vorgeschlagene Lösung und die Zusagen des Oberstaatsanwalts. Sie fährt nach Hause, um zu packen.

Anne wohnt in der Villa ihrer Eltern in einem ruhigen Stadtteil von Frankfurt am Main. Am anliegenden Grundstück, das der Familie gehört, hat Robert Klein, der Mann ihrer Schwester, für seine Familie ein Haus gebaut. Zu den Besitztümern der Familie gehört auch ein Hofgut bei Darmstadt.

Das Grundstück an den Häusern ist groß und mit weitläufigen Rasenflächen und Blumenbeeten schön angelegt. Die Familien der Schwestern verbringen viel Zeit hier draußen, sie grillen im Sommer. Anne und Kerstin sind begeisterte Gärtnerinnen. Es ist Frühling und die Blumenbeete blühen jetzt schon von frühen Tulpen, Osterglocken, Krokussen und Primeln in den schönsten Farben.

Anne zieht sich schnell um. Die schicke Kleidung für den Ausflug nach Bad Homburg tauscht sie gegen eine Jeans und einen leichten Pullover.

Sie holt einen kleinen Koffer und packt schnell das Notwendige für die nächsten Tage. Anschließend geht sie hinüber zu Kerstin. Ihre Schwester ist wieder wach, sitzt im Wohnzimmer auf der Couch und weint verzweifelt.

Anne geht zu ihr und nimmt sie in die Arme.

»Kerstin, ich weiß, der Schmerz ist kaum auszuhalten. Ich habe Robert gesagt, dass er packen soll. Wir werden nach Darmstadt zu Karl-Heinz fahren. Wir können nicht hierbleiben. Ich werde mitfahren und bei dir bleiben. Mit Karl-Heinz habe ich schon gesprochen, er bereitet alles vor. Linda ist bereits benachrichtigt worden. Sie kommt, wie Collin, direkt nach Darmstadt.

Am Montag werden Robert und Max zurück nach Frankfurt fahren. Sie müssen vieles Notwendige organisieren und erledigen.«

Kerstin steht auf und Anne geht mit ins Schlafzimmer, um ihr beim Packen zu helfen. Dort setzt sich Kerstin auf ihr Bett, sie hat Schwierigkeiten zu überlegen, was sie mitnehmen soll. Das Medikament, das ihr der Arzt verabreicht hat, zeigt immer noch Folgen. Anne holt einen Koffer und packt für sie schnell ein, damit sie losfahren können. Robert und Max sind schon fertig und laden das Gepäck ins Auto. Max wird fahren, Robert soll sich um Kerstin kümmern. Anne fährt mit ihrem Auto nach, die Männer werden das Auto am Montag brauchen.

Wie immer, wenn sie von der Straße in die Allee abbiegen, die zum Gut führt, empfindet Anne trotz des Schocks und der Trauer, wie sich Ruhe und Entspannung einstellen. »Es ist immer wieder ein Segen, dass wir diesen Rückzugsort haben,« denkt sie.

Als sie auf dem Hofgut ankommen, empfangen sie Karl-Heinz und seine Frau.

»Liebe Kerstin, mein Schatz, es tut mir so leid.« Karl-Heinz dreht sich zu Robert um, sie umarmen sich und er sagt: »Ich kann es kaum glauben, dass Sina nicht mehr da sein wird.

Ich habe in euren Wohnungen alles vorbereitet. Melissa hat für alle gekocht. Wir setzen uns zusammen und besprechen, was jetzt notwendig ist.«

2. Kapitel

Karl-Heinz ist der Bruder von Anne und Kerstin. Er verwaltet das Hofgut der Familie. Seit beide Eltern tot sind, hat er hat die Verwaltung des Guts übernommen.

Mit seiner Frau und den Kindern wohnt er im ehemaligen Elternhaus. Die Familien von Kerstin und Anne haben im Nebenhaus zwei große Wohnungen, die sie an Wochenenden und im Urlaub bewohnen.

In einem weiteren Gebäude befinden sich zwei Wohnungen, die an Feriengäste vermietet werden. Diese werden gelegentlich von Hendrik und Gerrit mit Familie genutzt. Die Ferienwohnungen sind zurzeit frei, so dass die ganze Familie in Darmstadt zusammenkommen kann.

Große Bäume, die in der Nähe der Häuser stehen, spenden im Sommer Schatten. Die groß angelegten Blumenbeete und Rasenflächen laden zum Verweilen ein. Für die Familie ist das Hofgut immer ein Ort der Einkehr und der Ruhe.

Es liegt idyllisch am Rand von Darmstadt in Waldnähe. Die zwei Kilometer lange Anfahrt zum Gut schmücken beidseitig große Bäume, die wie eine grüne Laube die Besucher empfangen. Es ist umgeben von Wiesen und Feldern. Man hört ab Mai den Kuckuck rufen. Sobald es Frühling wird, weckt morgens vielstimmiger Vogelgesang.

Im Winter trauen sich Rehe und Hasen bis in den Garten. Hier gibt es eine kleine Futterkrippe, immer gut gefüllt mit Heu und Kastanien. Ab und zu sieht man einen Rotfuchs über die Wiese streifen.

Am hinteren Teil des Gutshauses, angelegt an den alten Schuppen, befindet sich ein Hühnerstall mit ca. dreißig Legehennen und zwei prächtigen Hähnen. Sie haben hier einen schönen großen Auslauf und viel Platz zum Scharren und Picken. Die Eier werden im Hofladen verkauft. Ab und zu bedient sich hier auch der Fuchs.

Außerdem gibt es auf dem Gelände eine kleine Schar Laufenten, die dafür sorgen, dass die Schnecken im Garten nicht überhandnehmen.

Direkt am Waldrand hat ein Imker aus der Umgebung seine Bienenstöcke aufgestellt.

Lupe, ein alter Hofhund, soll auf alles aufpassen. Er ist alt und grau und trotz dem, dass er hauptsächlich seine Ruhe haben will, ist er wachsam. Fremde können sich den Wohnhäusern nicht unbemerkt nähen.

Melissa, die Frau von Karl-Heinz, hat einen Hofladen eingerichtet. Dort werden biologisch angebaute Produkte verkauft. Obst, Gemüse, frische Eier, selbst eingemachte Fruchtmarmeladen, Gelees und Honig, wie auch Brot aus frischgemahlenem Mehl. Der Hofladen ist in der ganzen Gegend bekannt und wird gut besucht.

Die Männer entladen die Autos. Anne hat die Katze mitgenommen, denn sie bleiben ein paar Tage hier. Sie bringt sie in die Wohnung von Robert und Kerstin. Kerstin hat sich auf die Couch gesetzt. Die Katze legt sich gleich auf ihren Schoß und schnurrt zufrieden. Kerstin streicht ihr über den Rücken und lächelt ein bisschen. »Gut, dass ich die Katze mitgenommen habe, sie wird Kerstin ablenken und trösten«, denkt Anne. Beide Schwestern lieben die Katze, die ihre Anhänglichkeit auf beide verteilt.

Robert bittet Karl-Heinz, ihnen eine Kleinigkeit zum Essen zu bringen. Sie wollen in ihrer Wohnung für sich bleiben.

Anne und Max gehen hinüber zu Karl-Heinz. Mellissa hat nur einen Eintopf zubereitet, sie wusste, dass niemand am Essen besonders interessiert sein würde. Mit Karl-Heinz ist abgesprochen, dass sie trotzdem etwas vorbereiten.

Sie trägt etwas Suppe zu Kerstin und Robert,

bezweifelt jedoch, dass sie etwas essen werden. »Die beiden sitzen nur auf der Couch, halten sich im Arm und weinen«, berichtet sie bedrückt, als sie zurückkommt.

»Sie werden sich hinlegen, Kerstin ist von der Spritze noch sehr müde.«

Es ist still am Tisch, das Essen wird kaum angerührt. Es wird nur wenig und leise gesprochen.

Anne und Max räumen den Tisch ab und Melissa bereitet für alle noch eine Tasse Espresso zu.

Nach einer halben Stunde kommt Robert und erzählt.

»Kerstin schläft. Ich möchte sie nicht lange allein lassen, für den Fall, dass sie zu schnell wach wird.

Anne, erzähl mir bitte, was genau passiert ist. Wie ist Sina gestorben, hat sie gelitten?«, fragt er bekümmert.

»Nein, Sina wurde mit einem harten Gegenstand erschlagen. Mit nur einem Schlag, laut Dr. Kramer war sie sofort tot«, sagt Anne traurig.

Robert bleibt eine ganze Weile sitzen. Es ist still am Tisch, alle lassen ihm Zeit, sich zu sammeln. Dann sieht er Anne an und meint: »Anne, ich werde es Kerstin lieber selbst erzählen.«

»Wenn Collin und Linda kommen, setzen wir uns wieder zusammen. Ich bleibe jetzt bei Kerstin und ruhe mich etwas aus.«

Nach einem kurzen Gespräch mit Karl-Heinz gehen Anne und Max hinüber in ihre Wohnung. Anne geht hoch und schaut kurz nach Kerstin. Sie schläft auf der Couch im Wohnzimmer, die Katze neben sich. Robert sitzt am Tisch und sortiert Unterlagen, die er mitgenommen hat.

»Robert, das hat doch Zeit bis morgen. Morgen werden wir besprechen, was du und Max organisieren müsst, wenn ihr am Montag nach Frankfurt fahrt. Leg dich jetzt hin und versuch ein bisschen zu schlafen. Du siehst völlig fertig aus«, drängt Anne.

»Ich glaube nicht, dass ich schlafen kann. Ich habe Angst um Kerstin. Ich werde mich nur hinlegen. Hoffentlich kommt Collin bald«, sagt Robert.

»Ruhe dich jetzt mit Kerstin aus. Für heute werden wir nichts mehr erreichen. Heute Abend setzen wir uns alle zusammen. Ich gehe jetzt runter zu Max, wenn ihr etwas braucht, ruft mich.«

Robert legt sich auf die breite Couch neben Kerstin. Anne holt noch eine Decke, breitet sie über beide aus. Die Katze schmiegt sich dazwischen und schaut Anne an. »Ja, bleib du bei den beiden und pass auf sie auf«, sagt sie lächelnd zu ihr und geht dann.

Gegen Abend kommen Collin und Linda gleichzeitig an. Sie steigen aus den Autos aus, sprechen kurz miteinander, dann geht Collin zu seinen Eltern. Linda hat ihre Tochter Linn mitgebracht. Die Kleine hat mitbekommen, dass etwas Schlimmes geschehen ist. Anne nimmt Linn an die Hand und geht mit ihr ins Haus, damit Max mit Linda ungestört sprechen kann. Collins Freundin kommt mit ihnen, sie will erst später zu Kerstin und Robert gehen.

Max nimmt Linda in den Arm und berichtet, was sie bisher erfahren haben. Sie machen zusammen einen kleinen Spaziergang, damit sich Linda nach der Fahrt entspannen kann. Sie müssen schnell den Rückweg antreten, es hat wieder angefangen zu regnen und heftig zu stürmen.

»Ich bleibe jetzt bei euch und gehe erst später zu Kerstin hoch. Lassen wir die drei erst einmal allein«, sagt Linda.

Nach einer Stunde gehen Anne und Linda hoch in die Wohnung von Kerstin und Robert. Sie haben ein paar belegte Brotschnitten vorbereitet und nehmen sie mit. Anne ist sicher, dass sie selbst nichts zubereiten und sonst nichts essen werden.

Sie klopfen an, Collin kommt an die Tür und bittet sie, im Esszimmer Platz zu nehmen. Er nimmt Linda die Teller ab und meint: »Danke, dass ihr etwas mitgebracht habt. Von uns war niemand in der Lage, sich um etwas zu kümmern. Meine Freundin hat eben Kaffee gekocht.

Sie wollte auch etwas zu essen machen, aber die Eltern haben das abgelehnt.

Ich werde jetzt darauf bestehen, dass sie etwas von den vorbereiteten Schnitten essen. Ich habe auf jeden Fall Hunger. Die Eltern müssen wenigstens eine Kleinigkeit essen, sonst halten sie nicht durch. Vor allem Mutter,« sagt er bekümmert.

In der Wohnung ist es dämmrig, es wurde kein Licht angemacht. Anne nimmt die bedrückte Stimmung wahr, sie spürt, wie die Wohnung von Traurigkeit erfüllt ist. Sie geht zu Kerstin und es gelingt ihr, dass sie mit ihr ins Esszimmer kommt.

Kerstin schaut zu Anne, sie hält ihre Hand fest. Endlich trinkt sie eine Tasse Tee und isst etwas. Sie unterhalten sich eine Weile leise. Kerstin legt sich wieder hin und Anne und Linda gehen hinunter. Die Teller nehmen sie mit und bitten Collin, dafür zu sorgen, dass alle zum Frühstück kommen.

»Meine Freundin wird morgen Vormittag nach München zurückfahren. Ich bringe sie zum Zug, das Auto werde ich hier brauchen. Am Montag erledigt sie für mich alles an der Uni, und wird meine Abwesenheit bei den Vorlesungen entschuldigen. Zum Glück stehen keine Prüfungen in der nächsten Zeit an, ich kann hierbleiben,« meint Collin noch.

Am Sonntag ist der Himmel bewölkt, es regnet immer wieder stark. Anne und Max bereiten das Frühstück. Collin kommt allein herunter. Er bittet darum, für Kerstin und Robert nur etwas mitzunehmen. Er trägt zwei Teller nach oben zu seinen Eltern und kommt dann wieder herunter.

Sie setzten sich an den Tisch und unterhalten sich lange. Anne erzählt, dass Hendrik noch abends da war. »Hendrik hat berichtet, dass es keinerlei Hinweise gibt, wo Sina ermordet wurde. Sie wurde nicht vergewaltigt. Sie hatte keine persönlichen Gegenstände dabei.

Es war ein Zufall, dass einer der Polizisten, die zu dem Leichenfund gerufen wurden, Sina erkannte. Die Kollegen der Soko sind dabei, die Nachbarn zu befragen, ob jemand gesehen hat, dass Sina am Abend weggegangen ist, oder ob sie jemand abgeholt hat«, sagt Anne.

Hendrik ist wieder zurück nach Frankfurt gefahren. Er wird dafür sorgen, dass die Ermittlungen weitergehen.

Es ist still im Haus. Kerstin schläft viel. Der Regen hat aufgehört und Linda konnte Collin überreden, mit ihr auszureiten.

Max und Anne sind in ihrer Wohnung beim Kochen. Max hat hier, wie zu Hause, eine neue Küche einbauen lassen. Er hat die Liebe und den

Spaß am Kochen entdeckt und entwickelt sich zu einem Meisterkoch.

Zum Mittagessen werden sich alle zusammensetzen. Sie bereiten eine Vorsuppe und als Hauptgericht, auf Wunsch der Kinder, Spaghetti mit Tomatensoße vor. Karl-Heinz kommt mit seiner Familie zu ihnen herüber. Mellissa bringt eine Nachspeise mit. Für den Nachmittag hat sich Gerrit mit Familie angemeldet.

Nach dem Essen beschließen Anne und Max, einen langen Spaziergang zu unternehmen. Die Sonne scheint und der Wind streicht Anne leicht über die Haare. Sie laufen schweigend, halten sich an den Händen und genießen die Ruhe und die schöne Umgebung.

Zurückgekommen sehen sie, dass Gerrit schon da ist. »Setzen wir uns bei uns zusammen«, sagt Anne. »Robert und Kerstin wollen oben bleiben. Sie haben sich hingelegt und darum gebeten, dass sie erst später kommen können.«

»Anne, wer kann einen Grund gehabt haben, Sina zu ermorden? Ich kann mir überhaupt nicht vorstellen, dass sie jemand so gehasst hat. Sie war doch so liebenswürdig«, sagt Gerrit bekümmert.

»Ja, wir können es uns alle nicht vorstellen. Sina war schon ein ganz besonderer Mensch. Es ist für uns alle unfassbar, dass sie so jung sterben musste«, bedauert Anne.

»Hendrik ist mit der Ermittlung beauftragt, er wird alles daransetzen, den Mörder schnell zu finden. Er wird jeden Tag kommen und berichten«, versichert Anne.

Hendrik kommt gegen Abend wieder und berichtet: »Wir haben Sinas Wohnung untersucht, dort ist sie nicht ermordet worden. Da bereits feststeht, dass Sina nicht am Fundort ermordet wurde, setzen wir alles daran, den Tatort zu finden. In ihrer Wohnung ist sie nicht ermordet worden, das steht nach der Untersuchung der Spurensicherung fest.

Dr. Kramer hat zugesagt, dass er am Montag alle Ergebnisse seiner Untersuchungen dem Oberstaatsanwalt vorlegen wird.«

Hendrik hat noch weitere Informationen. »Ich habe Sinas Freund Daniel kontaktiert. Er ist am Wochenende auf einem Seminar in München und kommt erst morgen zurück. Meine Mitteilung, dass Sina tot ist, hat ihn tief getroffen. Er hat zu mir gesagt, dass es in der letzten Zeit einige Probleme in der Partnerschaft gegeben hat. Er hat Sina geliebt und ist verzweifelt, dass sie sich vor ihrem Tod nicht versöhnt haben. Er kann sich nicht vorstellen, wer Sina ermordet hat. Sie hatten viele Freunde. Für Daniel ist es unvorstellbar, dass der Mörder aus dem Freundeskreis kommen könnte.

Von Daniel habe ich die Erlaubnis bekommen, seine Wohnung zu überprüfen. Dort sind keine Spuren, die auf ein Verbrechen deuten, gefunden worden.

Am Freitagabend war Daniel mit den anderen Seminarteilnehmern zusammen. Das wird noch überprüft«, berichtet er.

Bevor Hendrik nach Frankfurt zurückfährt, zieht er sich mit Anne ins Wohnzimmer zurück. Er sagt frustriert: »Es gibt keine Hinweise auf den Tatort und auch keine für ein Motiv. Sie ist nicht vergewaltigt oder ausgeraubt worden. In ihrer Wohnung haben wir ihr Handy und ihre Handtasche gefunden. Sie muss, ohne etwas mitgenommen zu haben, aus dem Haus gegangen sein. Vielleicht ist sie abgeholt worden.

Die Kollegen sind dabei, die Nachbarn zu befragen, ob jemand etwas beobachtet hat. Ich fahre jetzt zurück, wir sehen uns morgen«, verabschiedet er sich.

Er ruft später noch einmal an und berichtet, dass er mit den Kollegen, die die Nachbarn befragt haben, gesprochen hat. Bisher hat niemand am Samstagabend Sina gesehen oder etwas Auffälliges beobachtet.

Hendrik sagt noch, dass sich vor dem Haus der Familie Journalisten postiert haben. Sie versuchen hartnäckig, Auskünfte zu erhalten. »Jemand hat den Journalisten einen Tipp gegeben.

Wie gut, dass ihr euch gleich zurückgezogen habt.«

Am Montag bereiten sich Robert und Max für die Fahrt nach Frankfurt vor. Es regnet wieder, es ist düster, so wie die Stimmung am Frühstückstisch. »Robert, mach dir keine Sorgen um Kerstin. Ich werde mich um sie kümmern, sie soll sich nicht zu sehr zurückziehen, sonst wird sie krank. Sobald der Regen aufhört, gehen wir spazieren oder werden ausreiten.«

Robert wendet sich Anne zu. Er hat kaum geschlafen, dunkle Ringe unter den Augen zeugen von der durchwachten Nacht. Sie sieht einen neuen weißen Streifen in seinem Haar.

»Anne, ich muss jetzt vieles organisieren und erledigen. Ich werde Lisa die Verantwortung in der Firma bis nach der Beerdigung übertragen. Sie wird mir eine große Hilfe sein. Ich komme so bald wie möglich wieder her.«

Robert und Max sind fertig und wollen losfahren. Anne umarmt Robert lange und wünscht ihm Kraft für das, was er nun erledigen muss.

Als die Männer weg sind, geht sie zu Kerstin, die im Bett liegt und nicht aufstehen will. Sie wendet Anne den Rücken zu und weint.

Anne setzt sich zu ihr ans Bett und sagt eindringlich: »Kerstin, so geht es nicht, bitte steh auf, das Frühstück ist fertig. Ich verstehe dich doch. Ich selbst konnte das Leben nicht ertragen, als meine Tochter verunglückt ist. Wir, die zurückbleiben, müssen mit dem Weiterleben fertig werden.«

Anne wartet kurz und sieht hinaus in den grauen Himmel. An der Wand tickt eine altmodische Uhr träge vor sich hin, von draußen dringt kein Vogelgezwitscher herein, von Ferne hört man das Bellen eines Hundes. Von ihrer Schwester kommt keine Reaktion.

Nach einer Weile spricht Anne weiter. »Ich lasse dich nicht allein. Denk an Robert, er ist genauso verzweifelt wie du und hat Angst um dich, er braucht dich. Robert und Max sind schon unterwegs nach Frankfurt. Sie müssen vieles erledigen. Robert wird so schnell wie möglich zurückkommen. Wir zwei werden spazieren gehen und uns unterhalten.«

Kerstin steht auf, geht ins Bad und kommt dann ins Esszimmer. Sie weigert sich zu essen. Anne kann sie wenigstens zu einem Kaffee und einem halben Brötchen mit Honig überreden.

Anne ist froh, dass Lisa nicht mitgekommen ist. Lisa hat die Nachricht von Sinas Tod noch vor der Abfahrt der Familie erhalten. Sie hat mit ihrem Vater ausgemacht, dass sie nicht nach Darmstadt mitkommt. Robert ist dankbar, dass sie sich gleich bereit erklärte, sich in der Firma um Notwendiges, das gleich erledigt werden muss, zu kümmern.

Für Kerstin ist es eine Erleichterung, dass Lisa nicht dabei ist. Anne hat tief durchgeatmet, als ihr Robert Lisas Entschluss mitgeteilt hat.

So kann Kerstin zur Ruhe kommen, denn Lisas Gegenwart würde sie jetzt nicht ertragen. Kerstin geht davon aus, dass Lisa zwar über Sinas Tod traurig ist, sich aber erst einmal nicht mit der Familie zusammensetzen will. Lisa fällt es schwer, mit anderen Menschen über ihre Gefühle zu sprechen. »Weißt du, Anne, Lisa und ich hatten von Anfang an Schwierigkeiten miteinander. Sie war halt eifersüchtig auf ihre Geschwister. Ich konnte es verstehen, aber sie ist doch oft einfach unausstehlich gewesen«, seufzt Kerstin.

Der Regen hat aufgehört. Am Montag, nachdem die Männer nach Frankfurt aufgebrochen sind, überredet Anne Kerstin zu einem Spaziergang. Die frische Luft tut ihnen gut, sie laufen über die Wiesen und Felder. Kerstin läuft lange schweigend neben Anne her. Sie hat sich beruhigt und nach einer ganzen Weile fängt sie an zu erzählen. »Sina hat uns so viel Freude bereitet. Sie hatte vor, nach Hamburg zu gehen. Es hat ihr dort gefallen, als sie Linda besucht hat. Bei Robert wollte sie in der Firma ein Jahr Erfahrungen sammeln. In Hamburg hatte sie vor, bei Lindas

Mann Sven in der Immobilienfirma zu arbeiten und sich dann selbstständig zu machen. Ich bin traurig gewesen, wenn ich daran gedacht habe, dass Sina wegziehen wird. Jetzt ist sie für immer weg«, erzählt Kerstin leise.

Anne hört zu und merkt, dass es Kerstin guttut, zu sprechen. Sie sind schon eine Stunde unterwegs, als es wieder anfängt zu regnen, und sie gehen zurück.

Nach der Rückkehr vom Spaziergang legt sich Kerstin hin und bittet Anne, sie schlafen zu lassen. Sie legt sich im Wohnzimmer auf die Couch. Die Katze springt zu ihr und kuschelt sich an ihre Seite. Anne deckt sie sorgfältig zu. Mit der Katze im Arm schläft Kerstin schnell ein.

Anne holt sich ein Buch und setzt sich in den Sessel neben der Couch. Sie will bei ihrer Schwester bleiben, damit sie beim Aufwachen nicht allein ist.

Es ist schon dunkel, als die Männer wieder da sind. »Robert, konntest du alles erledigen?«, fragt Anne. »Ja, ich habe Lisa die Leitung der Firma übertragen.

Mit dem Bestattungsunternehmen habe ich alles abgesprochen. Wenn Sinas Leichnam am Dienstag freigegeben wird, kann die Trauerfeier und Bestattung am Donnerstag stattfinden«, berichtet Robert.

»Ich rufe gleich in der Pathologie an. Dr. Kramer wird mir sagen, ob wir mit der Freigabe bis Dienstag rechnen können. Er hat mir versprochen, die Obduktion noch am Wochenende durchzuführen.«

Anne nimmt das Telefon in die Hand und ruft Dr. Kramer an. »Hallo Anne, ich wollte dich gerade anrufen. Ich bin mit der Obduktion fertig. Ich gebe den Bericht an den Oberstaatsanwalt weiter, dann kann die Freigabe am Dienstag erfolgen«, teilt er mit.

»Danke, das ist uns eine große Hilfe, dass es so schnell ging.«

»Für dich tue ich alles, Anne, das weißt du doch«, verabschiedet er sich.

Robert hört mit und ruft bei dem Bestattungsunternehmen an, um den Termin für Donnerstag zu bestätigen.

»Anne, Lisa wird nicht herkommen, sie wird viel zu tun haben und erst zur Beerdigung kommen.« Anne atmet tief durch und schickt einen dankbaren Blick zum Himmel.

Auch Max hat in seiner Kanzlei alles organisiert. »Ich werde gelegentlich in der Kanzlei nur dringende Fälle selbst erledigen. Bis zur Beerdigung möchte ich hier bei der Familie bleiben«, sagt er.

»Wir haben mit Hendrik geredet, er hat versprochen, jeden Tag nach Darmstadt zu kommen, um über den Stand der Ermittlungen zu berichten. Er hat mir gesagt, welche Kollegen ihm für die Ermittlungen zugewiesen sind. Kommissarin Hanna Schneider, Kommissar Bernd Roth und zwei weitere Kollegen. Kennst du sie gut?«, fragt Robert.

»Ja, ich kenne sie sehr gut. Das ist ein gutes Team, haben schon viel zusammengearbeitet und Erfolg bei Ermittlungen gehabt. Ich bin sicher, dass sie alles tun werden, damit der Mörder schnell gefunden wird«, versichert Anne.

»Robert, ruh dich jetzt aus, du siehst sehr müde aus. Ich war mit Kerstin spazieren, sie hat heute Nachmittag geschlafen und wartet auf dich.«

Anne zieht sich zurück, geht hinunter in ihre Wohnung und setzt sich im Wohnzimmer auf die Couch. Sie denkt über die Kollegen nach, die mit Hendrik oft erfolgreich zusammenarbeiten.

Bernd Roth ist selbstbewusst, nach Meinung mancher Kollegen ist er eingebildet. Seine Anzüge, die er oft sogar zum Dienst anzieht, sind auffällig teuer und immer die neuste Mode. Er hat ein hitziges Temperament. Ist impulsiv, fällt oft überstürzt ein Urteil, regt sich schnell auf. Anne hat festgestellt, dass Bernd eine gute Intuition hat und schnell Zusammenhänge erkennt. Leider, meint Anne, würde er ohne Hendrik und Hanna öfter zu schnell etwas sagen, vorschnell handeln. Er musste einsehen, dass er sich vor einer Handlung erst mit den Kollegen besprechen muss.

Kommissarin Hanna Schneider ist älter als Hendrik und Bernd Roth. Sie ist verheiratet, hat zwei Kinder, die schon erwachsen sind. Ihre Haare sind bereits ergraut, sie ist etwas korpulent, macht ständig Diäten, die leider keinen Erfolg haben.

Sie ist eine ruhige, sympathische Frau. Im Gegensatz zu Bernd kleidet sie sich lässig. Bequeme Kleidung ist für sie wichtiger als schick.

Die beiden ergänzen sich perfekt in der Arbeit. Wenn Bernd Probleme hat, kümmert sich Hanna um ihn, damit er keine »Dummheiten« macht.

Im Gegensatz zu Bernd bleibt Hanna ruhig und bringt ihn dazu, zu überlegen und erst dann zu urteilen. Ihre Stärke ist ruhiges, konzentriertes Denken und Handeln. Sie bringt in die Zusammenarbeit ihre Erfahrung mit, ohne Besserwisserei, was sich als Vorteil erweist.

Beide, sowohl Bernd Roth als auch Hanna Schneider respektieren Hendrik als ihren Vorgesetzten. Die drei unternehmen auch privat viel zusammen, wie Anne weiß. Dass sie bei der Ermittlung der beiden Morde Hendrik zugeteilt wurden, ist für Anne fast eine Garantie für schnellen Erfolg.

Am Montag berichtet Dr. Kramer von den Ergebnissen der Obduktion. »Sina ist am Samstag zwischen 21 und 22 Uhr ermordet worden. Die Kopfverletzung war so schwer, dass sie sofort tot war. Ich weiß nicht, ob bekannt ist, dass Sina im zweiten Monat schwanger war«, erzählt er weiter.

»Das ist eine Überraschung, das könnte mit einem Mordmotiv zusammenhängen. Das muss ich sofort weitergeben. Danke, dass du mir so schnell Bescheid gibst«, sagt Anne.

»Du kannst mir deine Dankbarkeit beweisen, wenn du bald eine Einladung zu einem Essen bei unserem Italiener annimmst.«

Anne merkt, dass Dr. Kramer am Telefon lächelt. »Gerne, das mache ich, sobald ich mehr Zeit habe«, verspricht sie.

»Ich werde Hendrik empfehlen, bei Sinas Freund Daniel einen DNA-Test zu machen. Kannst du uns dann auch ein schnelles Ergebnis versprechen?«, fragt sie noch.

»Aber ja, gerne, das weißt du doch. Den Obduktionsbericht habe ich bereits dem Oberstaatsanwalt übergeben«, verabschiedet er sich.

Anne legt auf und ruft gleich Hendrik an, damit er mit Daniel spricht und eine Probe für einen DNA-Test abholt.

Lisa möchte sich vor der Beerdigung mit der Familie zusammensetzen und kommt am Montagabend mit Hendrik nach Darmstadt. Anne ist froh, dass sich Kerstin schon zurückgezogen hat.

Lisa umarmt Anne, und Anne merkt, dass Lisa Tränen in den Augen hat.

»Guten Abend, Tante Anne, entschuldige, dass ich erst heute komme. Ich habe das, was erst einmal notwendig war, erledigt.

Es tut mir so schrecklich leid um Sina. Sie war meine Halbschwester, ich habe sie doch trotz unserer Streitigkeiten geliebt. Ich weiß selbst, dass ich es manchmal übertrieben habe und unausstehlich war«, sagt sie traurig.

»Du brauchst dir auch keine Gedanken wegen Kerstin zu machen. Ich werde mich ganz bestimmt zurückhalten, du weißt, wir sind keine Freundinnen. Ich hoffe, dass du mir nicht unterstellst, dass ich kein Verständnis für ihren Kummer habe. So schlecht bin ich doch nicht. Ich werde heute Abend mit Hendrik wieder zurückfahren und erst zur Beerdigung kommen.«

Lisa ist eine selbstbewusste Frau, die im Beruf viel Erfolg hat. In der Firma ihres Vaters wird sie geschätzt und Robert übergibt ihr seine Vertretung, wenn er auf Geschäftsreisen oder im Urlaub ist.

Auf ihre Halbgeschwister war sie von Anfang an eifersüchtig. Es hat Kerstin viel Kummer bereitet, wenn Robert ihre Schikanen verharmlost hat.

Lisa hat glatte, blonde, ziemlich dünne Haare und dunkle Augen. Sie beneidete Sina um ihre Schönheit, ihre blonden, gelockten Haare und ihren Liebreiz.

Als Erwachsene kamen sie besser miteinander aus. Nachdem Sina nach ihrem Studium beschlossen hat, nur ein Jahr in der Firma ihres Vaters zu arbeiten und dann nach Hamburg zu gehen, hat Lisa ihren Groll gegen Sina aufgegeben. Bis dahin befürchtete sie, dass Sina ihre Stellung in der Firma gefährden würde.

Sinas Leichnam wird am Dienstag freigegeben, und am Donnerstag finden die Trauerfeier und die Bestattung statt. Die große Menge Menschen, die an der Beerdigung teilnehmen, zeigt, wie beliebt sie war.

Anne beobachtet, dass nicht nur die Familie, sondern sehr viele junge Menschen gekommen sind. Sinas Schulfreunde und Studienkollegen sind zum Teil von weit her angereist. Anne nimmt wahr, dass viele laut weinen. Auch Mitarbeiter aus der Firma ihres Vaters sind gekommen und zeigen große Trauer.

Hendrik hat bei der Vorbereitung der Beerdigung die Anweisung gegeben, dass Beamte die Trauerhalle und den Platz am Friedhof abschirmen. Sie sollen dafür sorgen, dass keine Journalisten und Gaffer die Trauerfeier stören.

Ein Beamter ist angewiesen, unauffällig Aufnahmen von der Trauergemeinde zu machen. Die Aufnahmen werden später analysiert, um Auffälligkeiten festzustellen. Wenn der Mörder ein Fremder ist und bei der Beerdigung da sein wird, könnte er wohl auffallen.

Anne beobachtet, wie Mark, Lisas Mann, ganz verzweifelt weint. Lisa selbst weint und es sieht aus, als ob sie Mark festhält. Trotz ihrer Trauer scheint sie sich zu ärgern, dass Mark so ganz unbeherrscht die ganze Zeit laut weint. Mark war vor der Heirat mit Lisa lange Zeit mit Sina zusammen. Sie haben sich vor einem Jahr getrennt. Den Grund für die Trennung hat Sina niemandem anvertraut. Alle, die sie kannten, waren damals überrascht. Mark hat Lisa geheiratet, ist aber mit ihr nicht glücklich geworden. Er konnte Sina nicht vergessen.

Die Sekretärin von Robert, Frau König, umarmt Kerstin lange. Anne bekommt mit, dass sie mit Kerstin eine Verabredung in der kommenden Woche ausmacht.

Als sich die Trauergemeinde in Richtung des Hotels, in dem die Bewirtung der Trauergäste vorbereitet ist, auf den Weg macht, läuft Anne mit Max ein Stück hinter Lisa und Mark. Sie beobachtet, dass Lisa anscheinend wütend ist und leise mit Mark streitet. Sie hat den Eindruck, dass sich Mark nur mit Mühe auf den Beinen hält.

Schnell schließen sie zu den beiden auf und Anne hakt sich bei Mark ein.

»Mark, ich weiß, dass du Sina geliebt hast. Du bist jetzt nicht allein. Lisa hat erst vor Kurzem ihre Mutter verloren und sie trauert auch um Sina. Ihr habt beide Kummer zu bewältigen«, sagt Anne und wendet sich Lisa zu. »Lisa, hab doch Verständnis, vergiss deine Eifersucht, beruhige dich. Ihr seid zusammen und Mark wird wieder zu dir finden«, sagt sie eindringlich.

»Ist ja gut, mich ärgert nur, dass er so völlig die Haltung verloren hat vor allen Leuten«, ereifert sich Lisa.

Anne merkt, dass sich Lisa gar nicht beruhigen will, und immer noch wütend ist.

Die Trauergemeinde findet sich in einem nahegelegenen Hotel zusammen. Es wird viel über Sina gesprochen, sie wurde geliebt, niemand kann sich vorstellen, warum sie ermordet wurde. Für die Familie ist es tröstlich, soviel Mitgefühl zu erfahren. Erst gegen Abend verabschieden sich alle und wünschen der Familie viel Kraft und Stärke für die nächste Zeit.

Was für eine Menschenmenge sich hier bei der Beerdigung angesammelt hat! Sina war beliebt, das wusste ich, ich habe sie gemocht. Traurig, dass ihr Leben so früh enden musste.

Aber es war unbedingt notwendig. Leider müssen noch weitere folgen, bis die Sache erledigt ist.

Es sind noch zwei und es muss jetzt schnell gehen! Bevor jemand Zusammenhänge sieht oder die zwei darüber reden. Ihr Pech, dass sie wissen, was ein Geheimnis bleiben muss.

Niemand hat auch nur eine Ahnung, wer der Mörder sein kann. Sie finden kein Motiv, werden es nie finden. Muss trotzdem sehr vorsichtig sein, damit kein Verdacht auf mich fällt. Was ich weiter tun muss, ist schrecklich, mir graut es vor mir selbst.

Nie hätte ich gedacht, dass ich in der Lage bin, so etwas zu tun.

3. Kapitel

Am Freitag übergibt Oberstaatsanwalt Redlich Anne die Leitung der Ermittlungen. Sie bespricht mit ihm die Lage. Bisher sind keine Ergebnisse, die auf den Mörder hinweisen, erzielt worden.

»Laut Obduktionsbericht ist Sina mit einem kräftigen Schlag auf den Kopf getötet worden. Sie wurde mit einem harten, kantigen Gegenstand seitlich am Kopf erschlagen. Es sind auch Partikel von einem gelben Stoff gefunden worden. Der Mörder hat den Kopf zum Transport damit umwickelt, damit die Blutung gestoppt wird. Sie wurde an den Fundort gebracht und einfach liegengelassen. Es sieht so aus, dass es der Mörder eilig hatte. Er muss sehr kräftig sein, wenn er die Leiche vom Parkplatz zu dem Ablageort getragen hat. Er muss sie getragen haben, denn es wurden keine Schleifspuren oder Spuren von einem Transportmittel gefunden.

Es ist auch ziemlich unwahrscheinlich, dass er die Leiche allein tragen konnte, er muss Hilfe gehabt haben. Bisher gibt es keinen Hinweis, wo sie getötet wurde«, stellt er fest.

Er zeigt Anne die Fotos vom Fundort. Es sind

viele Fußspuren dort, sowohl von Männern als auch von Frauen. Die Mulde wurde von Pärchen als Versteck genutzt. Die Spurensicherung fand dort benutzte Kondome.

Der Fundort wurde, bevor der Regen eingesetzt hat, mit einer großen Plane geschützt. Eine Zuordnung der Fußspuren zum Täter ist nicht möglich, es sind einfach zu viele.

Durch die überraschende Feststellung, dass Sina schwanger war, nimmt Dr. Redlich an, dass die Schwangerschaft das Motiv für den Mord sein könnte.

Der Vater des Kindes ist nicht bekannt. Ihr Freund Daniel, mit dem sie zusammen war, ist es nicht. Das ist schon mit einem Gentest ausgeschlossen worden. Er war an dem Wochenende auf einem Seminar. Auch das ist bereits überprüft worden, er kann als Verdächtiger ausgeschlossen werden. Daniel hat von Sinas Schwangerschaft nichts gewusst. Die Feststellung, dass er als Vater nicht in Frage kommt, ist für ihn ein Schock. Sie hatten in den letzten Monaten Probleme. Er hat aber nicht angenommen, dass Sina einen Liebhaber hatte.

»Ich zeige Ihnen jetzt noch die Aufnahmen, die bei der Beerdigung gemacht wurden. Es ist keine unbekannte Person aufgefallen. Die Vermutung, dass ein unbekannter Liebhaber bei der Trauerfeier erscheint, hat sich nicht bestätigt. Wenn der Mörder zur Belegschaft der Firma Klein gehört, kann er nicht besonders aufgefallen sein. Es haben zahlreiche Kollegen an der Beerdigung teilgenommen, sie werden überprüft.

Also haben wir bisher keinen Verdächtigen für den Mord. Hauptkommissar Born mit seiner Soko arbeitet rund um die Uhr.

Sie können ab heute die Leitung übernehmen. Ich wünsche Ihnen baldigen Erfolg«, verabschiedet der Oberstaatsanwalt Anne.

Anne geht hinüber in den Konferenzraum zu den Kollegen der Sonderkommission, die sich am Tisch zusammengesetzt haben. Es herrscht eine bedrückende Stimmung. Jeder der Anwesenden ist frustriert, dass bisher keine Erfolge aufzuweisen sind.

Bernd Roth meldet sich. »Wir kommen einfach nicht weiter. Ich verstehe nicht, dass niemand beobachten konnte, ob und von wem Sina an dem Abend abgeholt wurde. Ich habe mit einer Nachbarin gesprochen, die behauptet, dass sie abends am Fenster zur Straße sitzt. Ihr Mann kommt samstags erst gegen 20 Uhr von Kunden zurück. Sie ist sicher, dass ihr ein fremdes Auto aufgefallen wäre. Sie hat mir noch empfohlen, die Nachbarin, die oben wohnt, zu befragen. Sie geht abends noch mit ihrem Hund spazieren, vielleicht hat diese etwas beobachtet. Leider habe ich sie nicht angetroffen. Werde heute noch einmal hinfahren«, sagt er.

Hendrik wendet sich an die Runde und meint: »Wir vermuten, dass Sinas Schwangerschaft dem Liebhaber im Weg war und er sie deshalb ermordet haben könnte. Der unbekannte Liebhaber ist vielleicht im Kollegenkreis der Firma Klein zu suchen. Kann sein, dass er verheiratet ist und nicht riskieren wollte, dass sein Verhältnis mit Sina bekannt wird. Dort müssen wir noch genau nachforschen, ob jemand auffällige Kontakte zu Kollegen beobachtet hat«, überlegt sie.

»Sinas Mutter wusste nichts von ihrer Schwangerschaft. Ebenfalls nicht von einer neuen Beziehung. Sie kann nicht sagen, wer der Vater des Kindes sein könnte. Sina hatte ein gutes Verhältnis zu ihrer Mutter. Deshalb ist es verwunderlich, dass sich Sina ihr nicht anvertraut hat.«

Hendrik meldet sich zu Wort. »Ich habe die Befragung des Freundeskreises übernommen, weil viele von Sinas Freunden auch meine sind, konnte jedoch bisher nichts erfahren«, schließt er.

»Ich habe gestern Abend mit Linda telefoniert. Sina war vor zwei Wochen bei ihr in Hamburg. Auch da hat sie Linda nicht anvertraut, dass sie schwanger ist oder dass sie einen Liebhaber hat«, wundert sich Anne.

Kommissar Roth meldet sich noch einmal. »Einer Nachbarin ist aufgefallen, dass in den letzten Tagen vor dem Mord ein junger Mann oft vor dem Haus stand. Er soll schon früher das Haus beobachtet haben. Einmal hat sie sogar einen heftigen Streit zwischen Sina und diesem Mann mitbekommen. Er komme ihr irgendwie bekannt vor, hat sie gesagt. Sie kommt später zu uns und wir werden mit ihrer Hilfe ein Bild von diesem Mann anfertigen«, versichert der Kollege Roth.

In der Firma Klein wird ebenfalls ermittelt. Sina hat dort nach der Beendigung des Studiums schon fast ein Jahr gearbeitet. Sie hat bei Roberts Sekretärin, Frau König, im selben Büro ihren Arbeitsplatz gehabt. Frau König soll auch noch befragt werden, ob sich Sina ihr vielleicht anvertraut hat. Laut der Aussage von Kollegen soll sie sich mit Frau König besonders gut verstanden haben.

Kommissarin Schneider, die mit der Ermittlung in der Firma Klein beauftragt ist, sagt, dass es auffällt, dass Lisa immer auftaucht, wenn Kollegen befragt werden. Sie mischt sich in die Gespräche ein, als wüsste sie besser, wie die Arbeit der Polizei zu machen ist.

Es könnte sein, dass in der Firma etwas nicht stimmt.

Frau Schneider berichtet weiter, dass sie Lisa

vor Kurzem händchenhaltend mit Heinz Sudof im Park spazieren gesehen hat. Sie hatten vor Lisas Heirat ein Verhältnis, das wusste sie. Offensichtlich sind sie wieder zusammen. Ob ihr Mann Mark etwas von Lisas Untreue weiß? Heinz Sudof arbeitet in der Firma Klein. Er ist Chef der IT-Abteilung.

»Ich glaube, dass in der Firma Klein etwas nicht stimmt. Es könnte sein, dass Sina etwas erfahren hat und sterben musste, damit sie brisante Informationen nicht verrät. Lisa Klein hat für mich bereitwillig Termine mit Heinz Sudof und seinem Vater, der Chef der Buchhaltung ist, vereinbart. Ich werde noch heute mit beiden sprechen«, berichtet Kommissarin Schneider.

»Aufgefallen ist mir das Verhalten von Karsten Stein. Er ist Lisas Halbbruder und arbeitet in der IT-Abteilung. Auf Fragen reagiert er sehr ausweichend.«

Anne hört Frau Schneider konzentriert zu. »Lassen Sie sich von Lisa Klein helfen, sie ist in der Firma beliebt, sie hat sich ihre Stellung hart erarbeitet. Soviel ich weiß, übernimmt Lisa schon die Leitung der Firma, wenn ihr Vater nicht anwesend oder auf Geschäftsreisen ist«, meint sie.

»Frau Klein hat mir bereits erzählt, dass in der Firma Klein vor zwei Jahren wegen illegaler

Beschäftigung ausländischer Arbeiter zum Niedriglohn ermittelt wurde. Robert hat damals zwei Mitarbeiter entlassen müssen, welche die Arbeiter angestellt haben. Der Drahtzieher wurde nicht ermittelt. Falls da wieder etwas läuft, hat es Sina vielleicht mitbekommen und ist in Gefahr geraten«, berichtet Frau Schneider.

»Es werden weiterhin private Gründe, wie auch Sinas eventuelle Kenntnisse über Unregelmäßigkeiten in der Firma Klein als Mordmotiv überprüft«, sagt Anne, steht auf und wendet sich an die Kollegen. »Wir machen für heute Schluss, ich habe noch im Büro zu tun. Bitte berichtet mir sofort, wenn neue Erkenntnisse da sind.«

Anne geht zurück in ihr Büro und widmet sich unerledigten Akten. Sie bittet ihre Sekretärin, Frau Link, sie mit Frau König in der Firma Klein zu verbinden.

Das Telefon klingelt und gleichzeitig geht die Tür auf und ihre Nichte Lisa kommt herein.

»Moment, Lisa, ich muss erst ein Telefongespräch erledigen.«

Anne hebt ab und meldet sich. »Staatsanwältin Hofer, guten Tag, Frau König. Können Sie bitte morgen zu mir ins Büro kommen? Sie müssen eine Vertretung organisieren? Gut, dann so gegen 14 Uhr. Melden Sie sich unten beim Empfang und sagen Sie, dass Sie von mir erwartet werden.«

Anne legt auf und wendet sich Lisa zu. Sie schaut sie an und sieht, dass sie aufgeregt ist.

»Tante Anne, sei Frau Link nicht böse, ich habe sie überredet, mich hereinzulassen. Ich möchte heute Abend zu dir kommen, um etwas Wichtiges zu besprechen.«

»Du kannst gerne kommen. Max muss heute Abend noch einmal weg, also haben wir Zeit für uns. So gegen 19 Uhr?«, fragt Anne.

»Passt perfekt, ich bin dann pünktlich«, verabschiedet sich Lisa. Anne merkt, dass es Lisa auf einmal eilig hat.

Anne lehnt sich in ihrem Stuhl zurück und geht ihren Gedanken nach. »Ich nehme an, dass sie in Sinas Wohnung einziehen will. Sie hat vielleicht vor, sich von Mark zu trennen. Aber es ist doch ihr Haus, das sie mit Mark bewohnt. Sie will wohl verhindern, dass Collin nach seinem Studium in die Wohnung einziehen könnte und dann mehr Einfluss auf Robert hätte als sie.

Da hat sie sich die Falsche ausgesucht, wenn sie denkt, dass ich sie unterstützen würde.

Für Robert wird Lisa gerade in der nächsten Zeit unentbehrlich sein. Das erkenne ich an und bin ihr sogar dankbar dafür. Na, ich bin gespannt auf heute Abend, kann vielleicht spannend werden.

Es ist schon erstaunlich, dass Lisa in der Firma so beliebt und privat oft ein richtiges Biest ist. Ich habe sie nicht gern, auch wenn ich ihre Eifersucht früher verstanden habe. Aber sie ging oft einfach zu weit bei ihren Intrigen gegen ihre Geschwister und Kerstin«, überlegt Anne nachdenklich.

Nach knapp zwei Stunden ist Anne mit ihrer Arbeit endlich fertig und beschließt, bevor sie nach Hause fährt, Sinas Grab zu besuchen.

Unterwegs kauft sie einen Blumenstrauß, um ihn aufs Grab zu legen. Es ist herrlich warm, die Sonne scheint. Sie nimmt ihre Jacke über den Arm und schlendert langsam auf dem Weg zum Grab. Sie genießt die laue Luft. Von den Blumen auf den Gräbern nimmt sie einen angenehmen Duft wahr. Sie ist froh, dass sie sich zum Besuch an Sinas Grab entschieden hat. Der Spaziergang tut ihr nach dem langen Sitzen im Büro gut. Als sie am Grab ankommt, fällt ihr auf, dass auf einer Bank, unweit von Sinas Grab, ein Mann sitzt. Er ist sehr blass und sieht traurig aus. Er ist Anne schon bei der Beerdigung aufgefallen. Sie hat bemerkt, dass er schnell aufgestanden ist, als sich zwei ältere Menschen hinsetzen wollten. Er ist jedoch neben der Bank stehen geblieben und hat die Beerdigung beobachtet. Als sie zum Friedhofsausgang ging, beobachtete sie, dass sich der Mann wieder hinsetzte und traurig zu dem Grab eines Kindes schaute.

Nachdem sie die Blumen, die sie mitgebracht hat, auf dem Grab arrangiert hat, setzt sie sich zu dem Mann auf die Bank. Sie zieht ihre Jacke über, im Sitzen fröstelt es sie ein bisschen. Sie wendet sich dem Mann zu.

»Guten Tag, ich habe Sie hier schon vor ein paar Tagen gesehen, als meine Nichte beerdigt wurde. Sie schauen zu dem Grab eines Kindes. War es Ihr Kind?«, fragt sie leise.

Der Mann schaut sie überrascht, fast erschrocken an. Sie hat ihn aus seinen Gedanken gerissen.

»Nein, es ist meine Nichte, die Tochter meiner Schwester. Sie ist grausam ermordet worden. Sie ist vergewaltigt und erdrosselt worden. Ihre Leiche ist einen Tag nach ihrem Verschwinden unweit eines Fitnesspfads im Wald bei Friedrichsdorf im Taunus gefunden worden. Ich selbst habe keine Kinder. Meine Nichte habe ich wie ein eigenes Kind geliebt. Sie war das einzige Kind meiner Schwester, die sich nach dem Tod meiner Nichte das Leben genommen hat. «

Er scheint zu überlegen. Nach einer Weile wendet er sich Anne zu.

»Frau Hofer, ich weiß, wer Sie sind. Ich weiß auch, dass Ihre Nichte ermordet wurde. Ich kann Ihnen meine Hilfe bei der Suche nach dem Mörder anbieten.«

Anne zuckt zusammen. Was ist das? Wer ist

dieser Mann und wie kommt er dazu, einen so ungewöhnlichen Vorschlag zu machen? Sie ist verwirrt. Doch bevor sie etwas sagen kann, spricht der Mann weiter.

»Allerdings habe ich ein paar Bedingungen. Sie müssen mir versprechen, dass Sie sie einhalten.

Sie dürfen mit niemandem über mich sprechen und mich in Gegenwart anderer Menschen nicht ansprechen. Es muss unter uns bleiben, was ich Ihnen mitteile. Ich bin nicht mehr im Dienst, kann Ihnen aber privat wichtige, vielleicht entscheidende Hinweise besorgen. Sie dürfen aber meine Hilfe und die Quelle Ihrer Information niemals nennen«, sagt er eindringlich.

Anne steht auf und läuft aufgeregt hin und her. »Was sind das für Bedingungen? Warum tun Sie so geheimnisvoll? Sind Sie ein Kriminalbeamter?«, fragt sie aufgebracht.

»Ich habe Ihnen bereits gesagt, dass ich nicht mehr im Dienst bin. Das muss vorerst reichen. Wenn es Ihnen mit meiner Hilfe gelingt, den Mörder zu fassen, werde ich alles erklären. Sie können sich immer davon überzeugen, dass nichts Ungesetzliches geschieht, bevor Sie meine Hinweise verwenden.«

Der Mann nimmt einen tiefen Atemzug und redet mit ruhiger, sonorer Stimme weiter.

»Mein Name ist David, ich nenne Ihnen vorerst

nur meinen Vornamen. Ob Sie mir vertrauen, müssen Sie sich gründlich überlegen. Ich kann Ihnen versichern, dass Sie mit meiner Hilfe den Täter finden, denn ich habe viele Möglichkeiten.

Wenn Sie mein Angebot annehmen, müssen Sie auch sicher sein, dass Sie die Bedingungen, die ich Ihnen genannt habe, einhalten wollen und können.

Ich werde jeden Tag um diese Zeit hier sein, ich habe viel Zeit. Sie können entscheiden, ob Sie meine Hilfe annehmen.

Als erste Information gebe ich Ihnen einen Hinweis. Sprechen Sie mit Mark, dem Mann von Lisa. Sie werden überrascht sein, was er zu sagen hat«, betont David.

Anne ist ganz aufgeregt. Sie kann nicht verstehen, woher David etwas über Lisas Mann wissen soll.

»Wie kommen Sie darauf, dass es so wichtig ist, mit Mark zu sprechen? Woher wissen Sie, wer er ist und dass er Lisas Mann ist?« Verwundert schüttelt sie den Kopf. David bleibt ruhig. »Mark kommt oft hierher zum Grab. Er führt Selbstgespräche, er ist wegen Sinas Tod verzweifelt.

Sprechen Sie mit ihm und kommen dann wieder zu mir. Ich bin oft hier. Nachmittags oder gegen Abend auf jeden Fall, fast jeden Tag. Wenn Sie feststellen, dass Marks Informationen wichtig sind, können Sie entscheiden, ob

Sie mir vertrauen, und meine Bedingungen annehmen. Wollen wir so verbleiben?«, fragt David und steht auf.

Anne überlegt eine Zeitlang und sagt dann: »Gut, ich werde für morgen Vormittag Mark zu mir bestellen. Nachmittags um 14 Uhr habe ich eine Verabredung mit Frau König, der Sekretärin meines Schwagers, danach komme ich hierher. Also, dann bis morgen«, verabschiedet sie sich.

Sie geht den Weg zum Ausgang zurück und ist so in Gedanken mit dieser Begegnung beschäftigt, dass sie nicht gemerkt hat, dass die Sonne hinter dunklen Wolken verschwunden ist. Es hat wieder angefangen, heftig zu regnen. Sie ist nass geworden und friert, als sie sich ins Auto setzt. Jetzt freut sich auf zu Hause. Max hat versprochen, etwas Gutes zu kochen.

Zu Hause genießt sie ausgiebig eine warme Dusche und zieht frische Kleidung an.

Sie kommt ins Esszimmer und sieht, dass Max schon den Tisch gedeckt hat. Aus der Küche riecht es einladend und Anne merkt, wie hungrig sie ist.

Sie setzt sich an den Tisch und nimmt das Telefon in die Hand. »Max entschuldige, ich erledige noch schnell einen kurzen Anruf.«

Sie wählt Marks Nummer, er hebt schon nach dem ersten Klingen ab. Anne meldet sich. »Mark, kannst du bitte morgen Vormittag zu mir ins Büro kommen? Ich möchte etwas mit dir besprechen.«

Mark spricht leise, sie kann ihn kaum verstehen. »Gerne Anne, ich wollte sowieso mir dir sprechen, das passt gut. Ich kann um neun Uhr bei dir sein«, bietet er an.

»In Ordnung, dann bis morgen«, bestätigt Anne und legt auf.

Max hat eine Lasagne gemacht und sie lassen es sich schmecken. Max hat sich zu einem Meisterkoch entwickelt. Leider sieht man ihm an, dass er gerne kocht und genauso gern isst. Sein Umfang hat im letzten Jahr etwas zugenommen. Anne stört es nicht, sie liebt ihn, er ist ein aufmerksamer, zärtlicher Mann. Manchmal macht sie sich nur ein wenig Sorgen, wenn er morgens beim Laufen schnell außer Atem ist und oft Pausen einlegt.

Auf Empfehlung des Arztes hat Max beim Kochen viel umgestellt. Er benutzt weniger Fett, Kohlenhydrate und Zucker. Der Geschmack des Essens hat dadurch nicht gelitten, er ist ein Experte für Gewürze und Kräuter geworden.

Max kocht fast jeden Tag und Anne hat oft ein schlechtes Gewissen, wenn sie ihm nicht helfen kann. Sie lächelt ihm zu. »Max, du hast schon wieder alles allein gemacht, es tut mir leid, dass ich so spät gekommen bin.«

»Meine liebe Anne, du weißt doch, dass ich gerne koche, es ist mein Hobby geworden, es macht mir viel Spaß. Es freut mich, wenn es dir schmeckt, alles ist gut«, versichert Max.

Sie genießen schweigend ihr Essen und Anne schlägt vor: »Wir räumen gemeinsam die Küche auf, ich helfe dir jetzt.«

»Ja, das machen wir zusammen. In der Küche können wir uns unterhalten.«

Max trägt das benutzte Geschirr in die Küche und Anne räumt die Spülmaschine ein. »Nachher kommt Lisa vorbei, sie möchte etwas mit mir besprechen«, erzählt Anne.

Nachdem sie in der Küche fertig sind, geht Max in sein Büro und holt Unterlagen, die er beim anschließenden Treffen mit einem Kollegen mitnehmen will.

Punkt 19 Uhr klingelt es. Anne macht auf und bittet Lisa herein. Gleichzeitig verabschiedet sich Max. »Ich bin so in einer Stunde wieder zurück.« Er gibt Anne einen Kuss und eilt die Treppe hinunter zum Auto.

Lisa kommt herein und bleibt abwartend in der Tür zum Esszimmer stehen. Sie bewundert immer wieder, wie geschmackvoll die Wohnung eingerichtet ist. Anne und Max haben ihre Wohnung mit antiken Möbeln, die im Elternhaus zurückgeblieben sind, eingerichtet und mit modernen Möbeln kombiniert. Das Ergebnis vermittelt eine behagliche Harmonie und zeugt von gutem Geschmack. Die großen Fenster und die Terrassentüren geben den Blick in den Garten frei.

Die angelegten Blumenbeete sind in den letzten warmen Tagen regelrecht explodiert, zeigen eine Pracht von Farben. Narzissen, eine Farbenvielzahl von Tulpen und anderen Frühlingsblumen erfreuen die Augen des Betrachters beim Hinsehen. Der sorgfältig gepflegte Garten hat seine Schönheit dem Fleiß und der Hingabe an die Gartenarbeit von Anne und Kerstin zu verdanken. Beide sind begeisterte Gärtnerinnen.

Lisa bewundert den Garten, sie selbst hat kein Interesse an Gartenarbeit. Bei ihr zu Hause beauftragt sie eine Gärtnerei mit den notwendigen Verrichtungen im Garten.

Sie bleibt stehen und genießt den Blick, bis Anne kommt. Anne bringt zwei Gläser und eine Flasche Rotwein mit.

»Lisa, setz dich bitte auf die Couch. Du trinkst doch ein Glas mit?«, fragt sie.

»Gerne, ich muss nicht fahren, bin gelaufen«, meint Lisa und setzt sich.

Anne hat die Gläser auf den Tisch gestellt und setzt sich auf einen Sessel, Lisa gegenüber. Sie gießt den Wein ein und reicht Lisa ein Glas. Sie trinken einen Schluck. Anne lehnt sich zurück und fragt: »Erzähle, was du auf dem Herzen hast.«

»Tante Anne, ich möchte so schnell wie möglich in Sinas Wohnung einziehen, damit ich meinem Vater beistehen kann. Kannst du mich bei deiner Schwester unterstützen?«, fragt Lisa schnell.

Anne zieht verwundert die Augenbrauen hoch. »Lisa, wie kommst du darauf, dass ausgerechnet ich dir dabei helfen soll? Und wie kommst du darauf, dass dein Vater von dir getröstet werden muss? Er und Kerstin sind sich nach Sinas Tod sehr nahe, sie geben sich gegenseitig Trost. Da willst du wahrscheinlich stören, wie ich dich kenne«, meint Anne ganz ruhig.

Lisa wendet sich ab, sie muss sich beherrschen, damit Anne nicht merkt, wie wütend sie ist. Wie immer, wenn sie sich ärgert, bekommt sie rote Flecken im Gesicht, die sie verraten.

»Anne, du hast mich noch nie leiden können. Jetzt willst du mir bei deiner Schwester nicht helfen, wo es doch für mich so wichtig ist«, ereifert sie sich.

»Das hat mit *leiden* oder *nicht leiden können* nichts zu tun. Es ist einfach rücksichtslos und unsensibel, was du da so kurz nach Sinas Tod vorhast. Ich werde dich auf keinen Fall unterstützen«, versichert sie.

Lisa steht schnell auf und geht zur Tür. »Gut,

ich werde noch einmal mit meinem Vater sprechen.« Sie macht die Tür auf und läuft los. Anne
steht auf, geht zur Tür und sieht ihr nach. Sie
sieht, wie schnell Lisa rennt. Dass sie wütend ist,
kann sich Anne denken, sie kennt ihre Launen
zur Genüge.

Max kommt nach einer Stunde zurück. Er hat
gute Laune, sein Termin ist erfolgreich ver-
laufen, berichtet er.

»Wie war dein Gespräch mit Lisa?«, will Max
wissen.

»Es war schon so, wie wir vermutet haben. Sie
will unbedingt in Sinas Wohnung einziehen. Ga-
rantiert geht es ihr nicht nur darum, Einfluss auf
Robert zu haben. Wie du schon gemeint hast,
macht sie sich sicher Gedanken, dass Collin
nach seinem Studium dort wohnen könnte.

In letzter Zeit habe ich gemerkt, dass Lisa Robert nicht mehr so beeinflussen kann, wie früher. Er ist kritischer geworden. Er hat mir gesagt,
dass es ihm leidtue, dass er Lisas Intrigen gegen
Kerstin nicht ernstgenommen hat. Er sieht ein,
dass er sich das zu leicht gemacht und aus Bequemlichkeit erwartet hat, dass Lisa und Kerstin
ihre Differenzen unter sich ausmachen.«

Sie hält inne und fährt sich mit der Hand durch
ihre Haare. Es hat den Anschein, als würde ihr
das helfen, sich zu konzentrieren. Als würde das

Ordnen der Haare auch ihre Gedanken ordnen. Nach der kurzen Pause fährt sie fort.

»Lisa kann nicht entgangen sein, dass Roberts Beziehung zu Kerstin seit Sinas Tod verändert ist. Sie möchte ins Haus ziehen, damit sie wieder stören kann. Es passt ihr nicht, wie liebevoll Robert und Kerstin jetzt miteinander umgehen. Robert übergibt Lisa jetzt häufiger seine Vertretung, damit er mit Kerstin zusammen sein kann.

Als sie sich verabschiedete, wollte sie anschließend noch einmal mit ihrem Vater sprechen. Sie wird bei ihm dieses Mal keinen Erfolg haben, da bin ich sicher.«

»Mich erstaunt immer wieder, dass Lisa Kerstin auch nach so langer Zeit einfach nicht akzeptieren kann. Auf Sina und Collin war sie eifersüchtig, das war zu verstehen. Ihr Verhältnis verbesserte sich, seit sie erwachsen sind«, meint Max.

»Lisa und Sina unternahmen sogar manchmal etwas zusammen, das weiß ich. Sie wären zwar keine Freundinnen geworden, konnten aber ruhig miteinander umgehen. Wir werden sehen, wie es weitergeht.

Morgen wird ein anstrengender Tag, wir sollten schlafen gehen«, seufzt Anne müde.

Sie räumen noch die Gläser in die Spülmaschine und decken den Tisch für das Frühstück. Sie setzen sich in der Küche auf die Stühle an der Anrichte gegenüber und unterhalten sich darüber, was am nächsten Tag anliegt. Anne sieht Max in die Augen, er schaut sie wie immer liebevoll an.

»Anne, ich weiß, dass du müde bist. Möchtest du dich in der Badewanne entspannen?«

»Das ist eine gute Idee, das mache ich jetzt. Wenn du möchtest, kannst du schon schlafen gehen.«

»Ja, ich gehe schon hoch, werde noch etwas lesen. Vorher stelle ich dir ein schönes Glas Rotwein an die Badewanne, genieße es«, lächelt er ihr zu.

Während das Wasser in die Badewanne läuft und der Schaum sich entfaltet, holt Anne noch ein paar Kerzen und setzt sie an den Rand. Anschließend legt sie sich mit einem genussvollen Seufzer in das warme Wasser. Sie macht die Augen zu und denkt glücklich an die Zeit, als sie Max kennenlernte.

Max ist Anwalt, er ist Annes zweiter Mann. Anne hat mit neunzehn Jahren einen um zwanzig Jahre älteren Mann geheiratet. Ihr damaliger Mann arbeitete bei einer Versicherung und war politisch stark engagiert. Für die Familie blieb nur wenig Zeit übrig. Sie wurde oft betrogen. Irgendwann wollte sie seinen Lügen nicht mehr glauben und entschloss sich endlich zu einer Scheidung.

Max übernahm, als ihr Anwalt, ihre Vertretung bei der Scheidung. Das alleinige Sorgerecht für den gemeinsamen Sohn Gerrit konnte er für sie durchsetzen. Anne ist sehr vermögend. Ihr Mann wollte bei der Scheidung Anspruch auf einen Teil von Annes geerbtem Vermögen durchsetzen. Das wurde von Max erfolgreich verhindert.

Anne war in der Zeit ihrer Scheidung psychisch am Ende. Sie hatte zwei Kinder, einen Sohn und eine Tochter. Die Tochter ist mit vier Jahren tödlich verunglückt. Ihr Mann hat sie mit ihrem Kummer allein gelassen. Nach kurzer Zeig war er der Meinung, dass sie sich lieber mit den Lebenden befassen soll. Damit hat er natürlich sich selbst gemeint.

Nachdem die Scheidung abgeschlossen war, gestand Max Anne, dass er sie liebt. Sie war nicht bereit, eine neue Beziehung einzugehen, und zog sich zurück.

Anne lernte langsam, Max zu vertrauen, als er sie immer wieder zu Spaziergängen, Essen und Theaterbesuchen überredete. Sie verliebte sich in ihn, wollte es aber lange nicht wahrhaben. Max' Geduld hat Anne gezeigt, wie ernst seine Liebe ist.

Ihr Sohn Gerrit war glücklich, weil Max mit

ihm viel unternahm. Anne gab ihren Widerstand auf und willigte ein, Max zu heiraten. Mit ihm hat sie eine Tochter, Linda. Ihr Sohn Gerrit ist Zahnarzt und hat eine Praxis im nahegelegenen Bad Homburg.

Linda zog nach ihrem Abitur nach Hamburg zu einer Freundin und begann dort ihr Studium der Psychologie. Nach zwei Jahren verlegte Linda ihren Studienplatz nach Frankfurt und wohnte wieder zu Hause.

Dann, vor vier Jahren, hat Linda ganz überraschend einen Studienfreund geheiratet und ist zu ihm wieder nach Hamburg gezogen. Sie bekam eine Tochter und beendete ihr Studium in Hamburg.

Vor einem Jahr ist ihr Mann Sven tödlich verunglückt und Linda plant, wieder nach Frankfurt zu kommen. Sie wird mit ihrer Tochter Linn in die obere Wohnung ziehen, die sie bisher nur bei ihren kurzen Besuchen in Frankfurt bewohnte.

Max kommt ins Bad und Anne erschrickt regelrecht. »Na, mein Schatz, bist du eingeschlafen?«, lacht er. »Fast«, gibt sie zu. »Ich habe hier einen schönen warmen Bademantel mitgebracht. Komm!«, fordert er Anne auf.

Anne lässt sich in den Bademantel einwickeln und geht mit Max ins Schlafzimmer. Als Max anfängt, sie noch mit einem großen Badetuch abzutrocknen, fängt sie an zu kichern.

»Ich bin dir für deine Hilfe dankbar. Ich gehe davon aus, dass du hoffentlich schlechte Absichten hast«, lacht sie.

»Du hast mich durchschaut«, lacht Max laut und zieht sie mit aufs Bett.

Die Leidenschaft, mit der sie sich umarmen, ist noch genauso wie am Anfang ihrer Beziehung.

4. *Kapitel*

Am nächsten Tag ist Anne früh in ihrem Büro und wartet auf Mark. Pünktlich um neun Uhr klopft es an der Tür und Anne bittet Mark einzutreten.

Sie ist erschrocken über sein Aussehen. Das letzte Mal ist er ihr bei Sinas Beerdigung begegnet. Mark weinte verzweifelt am Grab und niemand konnte ihn trösten. Lisa war es peinlich, dass sich ihr Mann so gehen ließ.

Mark hat stark abgenommen. Dunkle Ringe unter den Augen zeugen von durchwachten Nächten. Anne kennt Mark gut aus der Zeit, als er mit Sina zusammen war.

Am liebsten möchte sie ihn in die Arme nehmen. Sie bittet ihn, ihr gegenüber am Tisch Platz zu nehmen. Er setzt sich auf den Rand des Stuhls. Anne sieht, dass er mit seiner Beherrschung kämpft.

»Mark, bist du krank? Du siehst nicht gut aus«, fragt Anne besorgt.

»Ich bin nicht krank, ich bin traurig und verzweifelt. Ich werde mit Sinas Tod nicht fertig, ich habe sie so geliebt«, sagt Mark leise und Tränen schießen ihm in die Augen. Er ringt um Fassung und fährt sich mit einem Taschentuch über die Augen. Nach einer Weile erzählt er weiter.

»Wir waren seit drei Monaten wieder zusammen. Wir sind uns zufällig im Tennisclub begegnet. Sie konnte mir vor den anderen nicht ausweichen und hat mir endlich zugehört.

An dem Samstag, als Sina ermordet wurde, waren wir zusammen und sie sagte mir, dass sie schwanger ist. Wir waren so glücklich, und haben besprochen, dass ich mich endlich von Lisa scheiden lasse.«

Anne kann ihre Überraschung nicht verbergen. Ein wahrlich guter und wichtiger Tipp von David, mit Mark zu sprechen. Wie kann er wissen, dass mir Mark so wichtige Informationen geben kann? Ich muss ihn schnellstens wieder sprechen.

Sie richtet sich auf und schaut Mark vorwurfsvoll an. »Mark, du hättest längst zu mir kommen müssen. Wir haben vergeblich nach dem Vater des Kindes gesucht. Weiß Lisa davon?«

Mark schaut Anne an und meint: »Nachdem ich von Sinas Tod erfahren habe, wollte ich gleich zu dir kommen. Leider warst du ein paar Tage nicht da. Dann habe ich mitbekommen, dass ihr nach dem Vater des Kindes sucht. Ich gestehe, dass ich zunächst nicht den Mut hatte, es dir zu sagen, damit ich nicht verdächtigt werde, Sina ermordet zu haben«, sagt er mit gesenktem Kopf.

Er trinkt den Kaffee, den Annes Sekretärin vor ihn gestellt hat, und spricht etwas gefasster weiter.

»Lisa weiß nicht, dass ich wieder mit Sina zusammen war. Wir haben schon lange Probleme, unsere Ehe ist nicht gut«, fügt er leise hinzu.

»Mark, Sina und du wart früher lange zusammen, ich weiß es. Jeder hat sich gewundert, dass du Lisa geheiratet hast. Wie hat sie dich dazu gekriegt, sie zu heiraten?«, fragt Anne.

Mark schweigt eine Weile und erzählt dann weiter: »Eigentlich ist es zum Teil Lisas Schuld, dass wir uns damals getrennt haben. Sie hat Sina erzählt, dass sie mit mir zusammen und schwanger ist. Lisa war mit ihrer Behauptung wohl sehr überzeugend.

Sina hat ihr geglaubt und wollte mit mir nicht sprechen, sie war zu keiner Aussprache bereit. Lisa hat mir eingeredet, dass es wohl mit Sinas Liebe nicht sehr weit her sei, wenn sie mir nicht glaubt und mit mir nicht sprechen will. Sina hatte sich total zurückgezogen. Alle Versuche, mit ihr zu sprechen, blockierte sie, ich konnte sie nie erreichen.

Ich war so wütend, dass mir Sina nicht glaubt. Sie ist mir ausgewichen, ich habe irgendwann aufgegeben. Mit Lisa habe ich nichts gehabt, sie konnte ja nicht von mir schwanger sein. Trotzdem hat sie mich dazu gebracht, sie zu heiraten.

Sie ließ mich nicht in Ruhe, ständig ist sie mir überall über den Weg gelaufen. Sie tat, als ob sie mich trösten wollte, war nur lieb zu mir und behauptete, dass sie mich schon immer geliebt hätte«, sagt er leise.

»Anne, du weißt, wie charmant Lisa sein kann. Bei ihren Freunden und auch in der Firma ist sie beliebt. Ich weiß, dass sie auf Sina und Collin schon immer eifersüchtig war.

Auf meinen Vorwurf, dass sie durch ihre Lüge meine Beziehung mit Sina zerstörte, hat sie mit dem dummen Spruch reagiert, dass in der Liebe alle Waffen erlaubt wären. Ich war so frustriert, dass ich letzten Endes geglaubt habe, dass Sinas Liebe doch nicht so groß war«, seufzt er unglücklich.

»Mark, ich habe Lisa nicht gern, sie stiftet in der Familie immer Unruhe. Dass sie viele Freunde hat und beliebt ist, weiß ich«, meint Anne dazu.

Mark macht wieder eine Pause und erzählt dann weiter.

»Lisa merkte bald, dass ich Sina nicht vergessen konnte, und wir haben nur noch gestritten. Jetzt glaube ich, dass sie ein Verhältnis mit Heinz Sudof hat. Sie waren schon früher zusammen«, erzählt Mark weiter. Er ist aufgestanden und läuft im Büro hin und her.

»An dem Abend, als Sina ermordet wurde, habe ich mit Lisa im Tennisclub ein Doppel gespielt. Das war gegen 20 Uhr. Wir haben das Doppel verloren und Lisa gab mir die Schuld. Wir haben uns gestritten und sie ist allein nach Hause gefahren. Ich habe mich mit Freunden an die Bar gesetzt, bin erst gegen ein Uhr nach Hause gekommen.

Das kannst du überprüfen, ich gebe dir die Namen meiner Freunde. Lisa hat schon geschlafen, als ich heimkam, hat mein Bettzeug im Wohnzimmer auf die Couch gelegt. Ich habe im Gästezimmer geschlafen. Dort schlafe ich weiterhin.«

Anne schweigt und sagt eine ganze Zeit nichts. Dann schaut sie Mark an und merkt, dass er vollkommen fertig ist.

Er hat sich wieder hingesetzt, er tut ihr leid. Gleichzeitig denkt sie, dass nicht nur Lisa, sondern er selbst an der Situation schuld sei. Lisa zu heiraten, war eine Trotzreaktion, die alles schlimmer gemacht hat.

»Mark, deine Heirat mit Lisa war für Sina die Bestätigung, dass du gelogen hast, als du behauptet hast, mit Lisa keine Beziehung zu haben. So war es nicht verwunderlich, dass sie mit dir nichts mehr zu tun haben wollte. Sie glaubte, dass du sie betrogen und angelogen hast.«

Mark schaut Anne an. Er merkt, dass sie ihn kritisch ansieht.

»Anne, ich weiß, dass ich mitschuldig bin,

ich mache mir schon lange nichts mehr vor. Ich wäre in den nächsten Tagen zu dir gekommen. Ich muss zugeben, dass ich Angst vor Lisas Reaktion hatte, wenn sie erfährt, dass ich wieder mit Sina zusammen war und sie ein Kind von mir erwartete. Ich weiß, ich bin ein Feigling«, sagt er beschämt.

»Nun«, meint Anne, »ich weiß, wie böse Lisa werden kann, ich kenne sie doch. Ich halte dir zugute, dass du nach Sinas Tod nicht in der Verfassung warst, dich ihrem Hass zu stellen. Wir haben viel Zeit damit vergeudet, als Motiv für Sinas Mord ihre Schwangerschaft anzunehmen. Wir haben uns auf die Suche nach einem Liebhaber konzentriert.«

Mark seufzt, erleichtert, dass er endlich sprechen konnte. »Ich werde mich von Lisa scheiden lassen. Ich habe ein Angebot von meiner Firma, in der Zweigstelle in München zu arbeiten. Das werde ich jetzt annehmen und dorthin umziehen.

Anne, wir werden uns gelegentlich sehen, wenn ich meine Freunde hier in Frankfurt besuche. Linda war mir ernstlich böse, als ich mich von Sina getrennt habe. Ich werde mit ihr ein Gespräch suchen und hoffe, dass sie mir verzeiht, ich habe sie gern«, sagt er traurig. Dann rafft er sich auf und fügt mit klarer Stimme hinzu:

»Noch etwas Wichtiges. Lisas Halbbruder

Karsten hat Sina belästigt, sie regelrecht gestalkt. Er hat ihr oft vor dem Haus aufgelauert und versuchte, mit ihr zu reden.

Sie konnte ihn nicht ausstehen und sagte ihm, dass sie sich, wenn er sich ihr noch einmal nähert, an die Polizei wendet. Da ist er ausgerastet und hat sie bedroht.

Sie hatte Angst bekommen und ihm gesagt, dass sie über seine Belästigungen und Drohungen mit ihrer Mutter und ihrer Kollegin, Frau König, sprechen würde. Daraufhin wollte er handgreiflich werden. Zum Glück bemerkte er, dass eine Nachbarin gerade aus dem Fenster schaut und ist weggelaufen.«

Anne sagt aufgeregt: »Das ist eine ganz wichtige Information. Sinas Nachbarin hat einen Mann gesehen, der das Haus oft beobachtet hat. Wir haben bisher nicht herausgefunden, wer es gewesen ist. Ich werde Karsten sofort befragen.

Sinas Abneigung gegen Karsten ist mir bekannt. Lisa brachte ihn manchmal mit, wenn sie ihre Mutter besuchte. Sina hat sich dann zurückgezogen, sich geweigert mit ihm und Lisa zu spielen. Später, als Sina nach Lisas Heirat die Wohnung oben bezogen hat, versuchte Karsten immer wieder, sie zu besuchen. Robert verbot ihm, das Haus zu betreten. Es gab viel Ärger«, sagt Anne noch.

Sie steht auf und gibt Mark die Hand. »Du kannst jetzt gehen. Komm bitte gleich zu mir, wenn dir noch etwas einfällt, damit keine Zeit mehr vergeudet wird.

Ich wünsche dir Kraft für die nächste Zeit. Suche Trost bei deinen Freunden, die Sina geliebt haben. Linda wird dir sicher beistehen. Ihr wart doch gute Freunde«, verabschiedet sie ihn.

Mark steht auf und geht langsam zu Tür. Er dreht sich noch einmal um. Anne sieht, dass seine Augen voller Tränen sind. Anne ruft ihm noch zu:

»Mark, komm doch heute Abend zu uns. Max wird etwas Gutes zum Essen vorbereiten. Er kocht jetzt fast jeden Tag. Linda ist heute da, ihr könnt euch ungestört unterhalten. Du brauchst jetzt Freunde, die dir beistehen«, ruft sie ihm nach.

»Gerne Anne, danke für die Einladung, ich komme sehr gern. Schön, dass Linda auch da ist«, sagt er noch.

Anne setzt sich wieder an ihren Schreibtisch und widmet sich der Bearbeitung ihrer Fälle, die sie vor Gericht vertreten wird. Durch ihre Abwesenheit hat sich vieles angesammelt, das erledigt werden muss. Sie arbeitet konzentriert, bis ihr einfällt, dass sie mit Hendrik in der Mittagspause verabredet ist.

Sie treffen sich in der Kantine, die noch ziemlich leer ist, und suchen sich einen Tisch in einer ruhigen Ecke, damit niemand zuhören kann. Anne weiß, dass es nicht lange dauert, bis die Kantine voll wird, wenn die Kollegen zum Mittagstisch kommen. Der Raum ist erfüllt vom Duft des Mittagessens.

Anne setzt sich so hin, dass sie den Raum im Blick hat, und berichtet Hendrik von ihrem Gespräch mit Mark. Sie spricht leise, damit ein Kollege, der doch in Hörweite sitzt, nicht mithören kann.

»Wir werden uns heute Abend mit der Sonderkommision zusammensetzen. Wir müssen die neuen Informationen auswerten. Um 14 Uhr kommt Frau König, die Sekretärin von Robert, zu mir. Von ihr will ich wissen, ob sie von Sinas Schwangerschaft wusste und ob sie näheren Kontakt mit Sina gepflegt hat. Hendrik, besorge bitte ein Bild von Karsten Stein. Das Bild muss der Nachbarin so schnell wie möglich gezeigt werden. Wenn sie Karsten eindeutig identifiziert, werden wir ihn vorladen.«

Ein Kollege kommt an ihren Tisch und fragt, ob er den Salzstreuer mitnehmen kann. Anne nickt nur kurz. Der Kollege war sicher neugierig, aber er merkt, dass er stört, und geht wieder an seinen Platz, drei Tische weiter, zurück. Anne und Hendrik warten, bis er sich wieder setzt.

Sie haben fertig gegessen und Hendrik holt für sich und Anne eine Tasse Kaffee. Er setzt sich hin und lehnt sich im Stuhl zurück. Der Kollege ist inzwischen fertig mit seinem Essen und hat die Kantine verlassen. Da jetzt niemand in der Nähe ist, brauchen sie nicht mehr leise zu sein. Noch ist es ruhig. Anne setzt sich auf die andere Tischseite, denn die Sonne schien ihr mittlerweile direkt ins Gesicht.

»Ich kümmere mich selbst um das Bild von Karsten«, verspricht Hendrik.

»Karsten ist ein unangenehmer Mensch. Ich selbst habe ihn nie gemocht, als er mit uns spielen wollte, wenn Lisa ihn mitgebracht hat. Er ist verschlagen und verlogen. Als Kinder haben wir oft Streit gehabt. Wir, Sina, Collin, Linda und ich waren gute Freunde. Wenn Lisa und Karsten dazugekommen sind, hat sich Sina versteckt, sie konnte Karsten schon als Kind nicht leiden.

Lisa wollte, als Karsten geboren wurde, nichts von ihrem Halbbruder wissen. Mit der Zeit hat sie ihn akzeptiert. Sie hat ihre Mutter oft besucht und dann öfter Karsten mitgebracht. Lisa hörte nie auf zu hoffen, dass ihre Eltern wieder zusammenkommen. Sie wollte einfach nicht einsehen, dass es für ihre Mutter nicht in Frage kommt, sie war mit ihrem Mann glücklich.

Karsten war von Lisa immer beeindruckt, sie hat ihn für so manche Schikanen gegen Sina und Collin angestiftet. Als er älter wurde, wollte er bei Intrigen gegen Sina nicht mehr mitmachen. Da habe ich oft Streit mitbekommen, wenn Karsten Lisa gesagt hat, dass er in Sina verliebt sei.«

Hendrik überlegt und meint noch weiter: »Lisas Mutter ist vor Kurzem gestorben. Lisa ist seitdem verändert. Sie hat ihre Mutter geliebt und ich nehme an, dass sie den Verlust noch nicht überwunden hat. Vielleicht bedauert sie, dass sie ihrer Mutter mit ihren Versuchen, ihre Eltern wieder zusammenzubringen, zugesetzt hat«, berichtet Hendrik.

»Ja, Lisa ist in der Familie ein Problem. Was ich sonst mitbekomme, ist, dass sie in der Firma beliebt ist und gute Freunde hat.« Anne und Hendrik sind mit dem Mittagessen fertig. Sie stehen auf, stellen ihre Tabletts ab und verabschieden sich bis zum Abend.

Am Nachmittag wartet Anne auf Frau König. Sie ist bislang nicht gekommen. Anne sieht auf die Uhr und stellt fest, dass es bereits 14:30 Uhr ist. Sie nimmt das Telefon in die Hand und ruft Kommissarin Schneider an.

»Frau Schneider, ich habe Frau König, die Sekretärin meines Schwagers, gebeten, um 14 Uhr zu mir zu kommen. Sie ist nicht erschienen. Bitte fahren Sie zu ihr, die Adresse gebe ich Ihnen.

Wenn sie die Verabredung vergessen hat und noch kommen kann, bringen Sie sie mit.«

Nach einer Viertelstunde klingelt das Telefon. Sie hebt ab und hört zu. »Was sagen Sie da? Sie ist tot? Ich komme sofort.« Eilig verlässt sie ihr Büro und fährt los.

Vor dem Haus von Frau König angekommen sieht Anne Kommissarin Schneider, die eine weinende junge Frau in den Armen hält. Sie geht zu ihnen und Frau Schneider berichtet: »Das ist die Tochter von Frau König. Als ich angekommen bin, wollte sie gerade die Tür der Wohnung aufschließen. Ihre Mutter meldete sich seit gestern Abend nicht, sie hat sich Sorgen gemacht. Nachdem Frau König auf das Klingeln an der Wohnungstür nicht geantwortet hat, wollte sie in der Wohnung nachsehen. Es war ein Glück, dass ich gerade dazugekommen bin. Der Anblick, der sich uns bot, war schrecklich. Frau König liegt in der Diele. Sie wurde wahrscheinlich ermordet. Die Kopfwunde hat stark geblutet, der ganze Teppich ist voll Blut.

Hauptkommissar Born und die Spurensicherung sind benachrichtigt, sie werden gleich hier sein«, teilt Frau Schneider noch mit.

Die Spurensicherung kommt in diesem Moment an. Hauptkommissar Hendrik Born und der Pathologe sind dabei. Sie sperren den Zugang zur Wohnung ab und fangen mit der Untersuchung an.

Anne geht mit Hendrik hoch in die Wohnung. Die Wohnungstür weist keine Einbruchspuren auf.

Frau König liegt in der Diele, sie muss den Mörder gekannt und ihn in die Wohnung gelassen haben. Sie hat sich nicht gewehrt, der Mörder muss sie gleich nach dem Eintritt erschlagen haben. Anne sieht zwei Kopfwunden, die stark geblutet haben.

Sie sieht sich in der Wohnung um. Die Wohnung ist sehr geschmackvoll eingerichtet. Es herrscht peinliche Ordnung. In der Küche steht die Geschirrspülmaschine offen. Frau König war wohl dabei, das Geschirr von ihrem Abendessen einzuordnen, als der Mörder geklingelt hat. Im Spülbecken liegt noch eine Schüssel im Wasser für Handwäsche. Der Mörder hat sich entweder nicht angemeldet oder er kam zu früh.

»Hat Frau König Spuren von Spülwasser an den Händen? Der Mörder muss früher als verabredet gekommen sein und hat sie überrascht. Ich nehme an, dass sie einen unangemeldeten Besucher abends nicht in die Wohnung gelassen hätte«, wendet sich Anne Dr. Kramer zu.

»Das kann ich noch nicht sagen, ich werde die Obduktion so schnell wie möglich durchführen und dir berichten«, sagt er und lächelt Anne zu.

Anne bittet Hendrik, sobald er hier mit der Arbeit fertig sei, zu ihr ins Büro zu kommen. Die Soko solle sich im Konferenzraum treffen. Es gebe neue Informationen, die sofort besprochen werden müssen.

»Ich rufe gleich Bernd an, damit er die Soko benachrichtigt. Ich komme nach, sobald ich hier nicht mehr gebraucht werde«, versichert Hendrik.

Anne geht wieder hinunter zu Frau Schneider, wendet sich der Tochter von Frau König zu und spricht sie an. »Es ist Ihnen nicht zuzumuten, dass Sie jetzt in die Wohnung gehen. Bitte kommen Sie mit mir, ich muss Ihnen dringend ein paar Fragen stellen. Sind Sie dazu in der Lage? Wir fahren zu mir ins Büro, dort können wir ungestört sprechen.«

»Ich komme mit Ihnen, es geht schon«, antwortet sie.

Auf dem Weg zum Auto fragt Anne: »Wie soll ich Sie ansprechen?«

»König, wie meine Mutter, ich habe nach meiner Heirat den Namen behalten«, antwortet die junge Frau.

Anne nimmt Frau König am Arm. Auf dem Weg zum Auto muss sie sie stützen, denn die junge Frau zittert heftig und stolpert oft. Anne öffnet die Beifahrertür und hilft Frau König sich hinzusetzen. Diese zittert immer noch stark. Anne wartet eine Weile, bis Frau König ruhiger ist, und fährt erst dann los.

Im Büro setzen sie sich an den Tisch. Anne kocht Kaffee und besteht darauf, dass Frau König eine Tasse trinkt und zur Ruhe kommt. Sie wartet, bevor sie die junge Frau anspricht.

»Geht es jetzt, kann ich Ihnen jetzt ein paar Fragen stellen?«

»Ja, stellen Sie Ihre Fragen. Ich werde sie beantworten, soweit ich kann«, meint sie und wischt sich mit dem Taschentuch über die Augen.

»Frau König, ist Ihnen an Ihrer Mutter in der letzten Zeit etwas aufgefallen? Hatte sie Probleme, oder hat sie vor etwas oder jemandem Angst gehabt?«

Die junge Frau seufzt und antwortet leise.

»Mir ist nichts Besonderes aufgefallen. Sie war nur sehr traurig über Sinas Tod. Sie haben sich gut verstanden. Meine Mutter hat ihr geholfen, sich in der Firma einzuarbeiten«, erzählt sie leise. »Ich selbst habe Sina gut gekannt, hatte sie zu meiner Hochzeit eingeladen. Sina hat uns besucht, als ich noch zu Hause gewohnt habe. Sie war so liebenswürdig und immer bereit zu helfen, wenn ich Probleme hatte.

Es ist so schrecklich, dass sie tot ist, und jetzt auch meine Mutter. Ich habe keine Ahnung, warum sie sterben mussten, habe keine Vorstellung, wer sie so gehasst haben kann«, berichtet sie traurig.

»Wir wissen noch nicht, ob die Morde zusammenhängen. Das muss erst untersucht werden«, wendet Anne ein.

»Frau König, kann ich jemanden benachrichtigen, der Sie hier abholt und sich um Sie kümmert?«, fragt Anne.

»Ja, meinen Mann Andreas. Er kommt bestimmt und nimmt mich mit nach Hause. Ich habe keine Angehörigen. Mein Vater ist gestorben, als ich vierzehn Jahre alt war. Geschwister habe ich nicht. Ich werde Andreas selbst anrufen.«

Sie sucht ihr Handy in der Handtasche und ruft an. »Andreas, hol mich bitte bei der Staatsanwaltschaft in der Konrad-Adenauer-Straße ab. Was passiert ist, werde ich dir dann erklären.«

Sie legt auf und wendet sich Anne zu. »Frau Hofer, mein Mann hat versprochen, in einer Viertelstunde da zu sein. Ich bin schwanger, meine Mutter hat sich so auf das Enkelkind gefreut«, erzählt sie traurig.

Anne wartet und bietet ihr ein Glas Wasser an. Der Ehemann ist wie versprochen schnell da.

»Schatz, was ist passiert?«, fragt er und nimmt die junge Frau in die Arme. »Mama ist tot, sie ist ermordet worden. Ich habe sie gefunden. Zum

Glück ist gerade eine Polizistin gekommen und mit mir in die Wohnung gegangen. Es war ein schrecklicher Anblick, das werde ich nie vergessen«, erzählt sie stotternd. Andreas streichelt ihr über den Rücken, bis sie sich etwas beruhigt.

»Komm, wir fahren jetzt nach Hause. Du legst dich hin, ich werde bei dir bleiben. Wenn es dir besser geht, kannst du mir alles erzählen«, sagt er liebevoll.

»Frau König, wenn Ihnen noch etwas einfällt, rufen Sie mich bitte an. Egal, wie unwichtig es Ihnen erscheint«, verabschiedet Anne die beiden.

Die jungen Leute gehen zur Tür. Anne sieht, dass Andreas seine Frau fast tragen muss.

Anne lehnt sich in ihrem Stuhl zurück und schaut zum Fenster hinaus. Die Sonne blendet sie, sie steht auf und lässt die Jalousie herunter. Nachdem sie sich wieder gesetzt hat, versinkt sie im Nachdenken.

Sie überlegt, ob die Morde an Sina und Frau König zusammenhängen. Einen Zufall hält sie nicht für wahrscheinlich. Die Frage wird sein, ob die Morde privater Natur sind oder mit etwas in der Firma Klein zu tun haben. Durch den Hinweis von Mark, dass Sina vorhatte, von den Belästigungen und Drohungen von Karsten ihrer Mutter und Frau König zu berichten, könnte hier ein Motiv für die Ermordung von Frau König vorliegen. Dass Karsten Sina ermordet hat, davon war Anne überzeugt. Leider ist ihr Verdacht nicht bestätigt worden. Die Aussage von Heinz Sudof, dass er mit Karsten an dem Abend zusammen war, konnte nicht entkräftet werden.

Anne überlegt, dass sie erst Näheres erfahren muss. Sie steht auf und beschließt, Dr. Kramer in der Pathologie aufzusuchen.

Frau König war die Nächste, die Bescheid wusste. Sie musste sterben. Sie wurde misstrauisch, als sie gesehen hat, dass ich eine große Tasche mitgebracht habe. Darin habe ich die Skulptur gehabt, mit der ich Sina erschlagen habe. Ich nahm sie gleich nach dem Betreten aus der Tasche.

Da hat sie kapiert, warum ich gekommen bin. Sie hat versucht zu entkommen. Ich musste schnell sein, damit sie nicht anfing zu schreien. Ich musste zweimal zuschlagen. Es hat viel Blut gegeben.

Mein Freund wollte mir diesmal nicht helfen, die Leiche zu beseitigen. Ich musste sie liegen lassen. Es war nicht angenehm, bei der Leiche abzuwarten, bis es dunkler wurde. Dass mich jemand sehen würde, konnte ich nicht riskieren. Meine Spuren habe ich sorgfältig beseitigt, da werden sie nichts finden.

Wie ich die letzte Mitwisserin loswerde, muss ich genau überlegen. Ich denke, da bin ich doch wieder auf Hilfe angewiesen, ich muss mich um mein Alibi kümmern.

Der nächste Mord muss unbedingt bald geschehen. Wenn ich es ohne Hilfe nicht schaffen kann, werde ich jemand anderen als meinen Freund um Hilfe bitten. Den Mitwisser kann ich anschließend beseitigen, habe da langsam Übung. Ach, wie furchtbar das alles doch ist.

Es heißt, jeder Mörder hinterlasse Spuren, aber da kennen sie mich nicht. Bei mir gibt es keine Spuren. Meine Morde werden die perfekten Morde sein, die nie aufgeklärt werden. Zu einem Mord gehört ein Motiv. Auf mein Motiv werden sie nie kommen. Da können sie überlegen und suchen, es bleibt ein Geheimnis, wenn alle Mitwisser tot sind.

Die Pathologie ist ein großer Raum mit mehreren Arbeitstischen. Es ist hell erleuchtet, das Licht spiegelt sich in den weißen Fliesen.

Dr. Kramer ist gerade dabei, den Leichnam von Frau König zu untersuchen, als Anne in die Pathologie kommt. Er ist allein, seine Mitarbeiter haben schon Feierabend.

»An den Geruch hier werde ich mich wohl nie gewöhnen«, sagt sie laut, als sie eintritt.

»Guten Tag Anne, freut mich, dass du mich besuchst«, lächelt der Pathologe Anne an.

Dr. Kramer ist kein gutaussehender Mann, er ist kein besonders männlicher Typ. Er hat eine etwas zu kräftige, leicht untersetzte Figur und blasse, weiche Gesichtszüge. Er ist ein äußerst aufmerksamer, sensibler, flinker Mann mit einem messerscharfen Verstand und einer blitzschnellen Auffassungsgabe.

Hier im Keller, im Sezierraum, ist er sein eigener Herr. Wenn er allein Dienst hat, kann er laute Musik hören oder mit seinen Leichen reden. Tagsüber ist der Raum von lauter Rockmusik erfüllt, dabei können er und seine Mitarbeiter konzentriert arbeiten.

Abends oder am Wochenende, wenn er allein ist und seine Berichte schreibt, hört er ausschließlich klassische Musik.

Hat er ein Mordopfer auf seinem Tisch, setzt er sich erst einmal still daneben mit einem großen Becher starkem Kaffee. »Was hast du mir zu sagen, wer hat dir das angetan?«, fragt er eindringlich. Erst dann beginnt er mit seinen Untersuchungen.

Anne weiß um seine großen inneren Werte und schätzt ihn als einen wertvollen Freund.

Seine Verehrung zeigt er offen, er bedauert, dass Anne so treu ist, wie er lächelnd kommentiert.

»Ich habe Interessantes für dich. Frau König ist mit derselben Waffe getötet worden wie Sina. Ich habe die gleichen Einkerbungen gefunden«, berichtet er.

»Das ist wichtig, jetzt können wir davon ausgehen, dass es sich bei beiden Morden um denselben Täter handelt«, sagt Anne.

»Was kannst du mir über die Todeszeit sagen?«

»Zwischen 21:00 und 22:00 Uhr, nicht später. Sie muss kurz vor ihrem Tod noch gegessen haben. Wir können davon ausgehen, dass sie allein gegessen hat. In der Wohnung sind keine Spuren gefunden worden, die auf die Anwesenheit einer weiteren Person deuten.

Es muss ein überraschender Besuch erst nach ihrem Abendessen gewesen sein. Mutmaßlich jemand Bekanntes, denn sie hat ihn so spät noch in die Wohnung gelassen«, ergänzt er.

»Danke, dass du mir so schnell so Wichtiges sagen kannst. Ich gehe jetzt in den Konferenzraum zurück. Wir setzen uns mit der Soko zusammen«, verabschiedet sich Anne.

Mit einem Lächeln sieht Dr. Kramer Anne nach.

Die Kollegen sind noch nicht da. Anne holt sich eine Tasse Kaffee, setzt sich auf ihren Platz und geht in Gedanken die Ereignisse des Tages durch. »Der Zusammenhang für die Morde an Sina und Frau König ist bestätigt«, denkt sie.

»Ich werde Linda als Profilerin dazu ziehen. Sie soll ein Täterprofil erstellen, das uns weiterhelfen kann. Ich werde ihr noch heute offiziell den Auftrag geben«, beschließt sie.

Es dauert eine Stunde, bis Hendrik mit den Kollegen kommt. Anne ist so tief in Gedanken versunken, dass sie erschrickt, als die Tür aufgeht und die Kollegen hereinkommen.

»Ein Anklopfen ist normalerweise üblich«, beschwert sie sich.

»Wir wussten nicht, dass du schon hier bist, entschuldige«, sagt Hendrik.

Er kocht eine große Kanne Kaffee und verteilt Tassen für die Kollegen.

Anne wartet, bis alle sitzen und ihren Kaffee haben. Sie berichtet: »Wir haben neue Informationen. Der Vater von Sinas Kind ist Mark Kraft, Lisas Ehemann.«

Ein kurzes Raunen geht durch die Runde. Damit hatten die Ermittler offenbar nicht gerechnet.

Anne fährt fort: »Für den Abend des Mordes hat er ein Alibi, das überprüft werden muss. Herr Roth, erledigen Sie das bitte. Ich gebe Ihnen die Namen der Freunde, die Mark genannt hat«, wendet sie sich ihm zu.

»Von Mark haben wir erfahren, dass Sina von Lisas Halbbruder Karsten Stein gestalkt wurde. Er lauerte ihr vor dem Haus auf, hat sie sogar bei einem Streit bedroht. Als sie ihm sagte, dass sie sich an die Polizei wendet, ist er ausgerastet. Der

Streit eskalierte vor dem Haus, vielleicht gibt es dafür Zeugen. Laut Mark war das ungefähr eine Woche, bevor Sina ermordet wurde. Sie hat es ihm erzählt und gesagt, dass sie Angst vor Karsten habe. Außerdem drohte sie ihm, dass sie ihre Angst vor ihm auch seiner Mutter und Frau König erzählen würde. Damit haben wir den ersten Verdächtigen und eventuell ein Motiv für den Mord an Sina und Frau König«, stellt Anne fest.

»Wenn wir hier fertig sind, fahre ich zu Herrn Stein und befrage ihn. Er braucht jetzt auch ein Alibi für den Abend des Mordes an Frau König.

Hendrik, begleite mich dann bitte. Herr Roth, prüfen Sie bitte gleich, ob gegen Herrn Stein etwas vorliegt.«

Kommissar Roth geht hinüber in sein Büro. Er tippt schnell die Daten von Herrn Stein ein.

Zurück im Konferenzraum berichtet er: »Karsten Stein ist wegen Stalking vorbestraft. Seine Strafe ist auf Bewährung ausgesetzt. Deshalb ist er wahrscheinlich ausgerastet, als Sina mit der Polizei drohte. Seine Bewährung wäre damit aufgehoben, er müsste ins Gefängnis.«

Anne holt tief Luft und berichtet weiter: »Frau König sollte heute Nachmittag um 14 Uhr zu mir kommen. Als sie nicht erschienen ist, schickte ich Kommissarin Schneider, um sie abzuholen. Sie hat sie tot aufgefunden.

Frau König hätte, weil sie mit mir um 14 Uhr

verabredet war, für den Nachmittag eine Vertretung organisieren müssen. Das erledigte sie bereits am Vortag, nach meinem Telefonat mit ihr. Es ist wichtig zu erfahren, wer wusste, dass sie früher geht und eventuell auch, warum. Eine Verabredung mit mir musste der Mörder offenbar aus bisher unbekannten Gründen verhindern.

Karsten Stein könnte der Mörder sein. Bis wir ihm den Mord an Frau König beweisen können, soll weiter in der Firma Klein ermittelt werden.

Wir können definitiv davon ausgehen, dass die Morde zusammenhängen. Dr. Kramer hat mir mitgeteilt, dass beide Opfer mit derselben Waffe getötet wurden. Die Einkerbungen in den Wunden sind gleich, er ist sich sicher.

Als Verdächtigen müssen wir Karsten Stein befragen. Nehmen wir an, dass er für den Mord an Sina ein Motiv hat. Laut Marks Bericht hätte er auch ein Motiv, Frau König zu ermorden, denn Sina wollte über seine Belästigungen mit Frau König sprechen.

Eine Nachbarin hat gesagt, dass ihr an dem Abend, als Frau König ermordet wurde, im Haus ein Mann begegnet sei, der es sehr eilig gehabt habe. Ob er aus der Wohnung von Frau König gekommen ist, konnte sie nicht sagen. Sie hat diesen Mann vorher nie gesehen. Wir haben ein Fahndungsbild mit Hilfe der Nachbarin erstellt. Zeigen Sie ihr noch das Foto von

Karsten Stein.« »Ich möchte, dass auch ein Foto von Heinz Sudof der Nachbarin gezeigt wird. Ist eine Eingebung, die mir gerade gekommen ist«, schlägt Hendrik vor.

»Gut, Hendrik, deine Intuition hat sich schon oft bewährt. Also nehmen Sie auch das Foto von Herrn Sudof mit.

Wir machen für heute Schluss, wir sehen uns morgen früh um 10 Uhr.« Mit diesen Worten entlässt Anne die Kollegen.

Hendrik wartet, bis alle Kollegen gegangen sind, und Anne sieht, dass er etwas fragen will. Er ist etwas verlegen.

»Was hast du auf dem Herzen, Hendrik? Wenn ich dich ansehe, vermute ich, dass es nichts mit dem Fall zu tun hat«, lächelt sie ihm zu.

»Ja, du hast recht. Es ist etwas Privates.«

»Ich habe noch etwas zu erledigen und keine Zeit, dir jetzt zuzuhören. Ich habe einen Vorschlag. Komm heute Abend zu uns. Max kocht, wir haben Zeit, uns zu unterhalten. Ist es dir recht?« »Gern, wann soll ich da sein?«

»Um 19 Uhr wäre perfekt«, sagt Anne. »Das ist gut, ich bin früher da, kann Max in der Küche helfen. In der Küche kann man sich immer gut unterhalten«, lächelt Hendrik.

Sie verabschieden sich und Anne fährt zum Friedhof.

5. Kapitel

Von Weitem sieht sie, dass David da ist. »Guten Tag, Frau Hofer, freut mich, dass Sie es heute geschafft haben«, begrüßt er sie. Sie setzt sich zu ihm auf die Bank.

»Ich muss mich für den Hinweis auf Mark bedanken. Er ist der Vater von Sinas Kind. Er wollte zu mir zu kommen, hatte aber keinen Mut dazu, fürchtete, als Sinas Mörder verdächtigt zu werden. So ist viel Zeit bei der Suche nach einem Liebhaber vergeudet worden.

Wie sind Sie darauf gekommen, dass er Vater von Sinas Kind ist? Vor allem, wieso wussten Sie, dass Sina schwanger war und wir nach dem Kindesvater als möglichem Mörder suchen?«

»Mark ist jeden Tag an Sinas Grab. Er wartet, bis niemand sonst da ist. Er spricht zu ihr und dem Kind. Ich habe seine Selbstgespräche mitbekommen. Er ist so unglücklich und verzweifelt, dass ich sicher bin, dass er Sina nicht ermordet hat.«

»Auf jeden Fall hat uns Ihr Hinweis Zeit gespart. Es hat einen weiteren Mord gegeben. Wir nehmen nicht mehr an, dass Sina aus Eifersucht ermordet wurde.«

»Dass Frau König, die Sekretärin ihres Schwagers, ermordet wurde, weiß ich schon«, sagt David.

»Aber woher? Sie ist erst heute Nachmittag gefunden worden«, wundert sich Anne.

»Ich habe Ihnen gesagt, dass ich viele Möglichkeiten habe, etwas in Erfahrung zu bringen. Das letzte Mal haben Sie gesagt, dass Sie am Nachmittag des nächsten Tages eine Verabredung mit Frau König hätten.

Ich habe heute vor dem Haus von Frau König gestanden, als ihre Tochter angekommen ist. Hauptkommissarin Schneider kam zufällig zu gleicher Zeit und ist mit ihr hoch in die Wohnung ihrer Mutter gegangen. Was sie dort erleben mussten, habe ich mitbekommen. Sprechen Sie mit Ihrer Schwester, sie wird Ihnen ein paar Hinweise zu der Beziehung zwischen Sina und Frau König geben«, versichert David.

Anne steht auf und läuft aufgeregt hin und her. »Wie kommen Sie darauf?«

David bleibt ruhig. »Frau Hofer, ich habe Ihnen gesagt, dass ich viel Zeit habe. Sprechen Sie mit Ihrer Schwester und wir treffen uns dann wieder hier. In der Zwischenzeit werde ich versuchen, weitere Informationen zu bekommen. Werden Sie meine Bedingungen akzeptieren?«, fragt er.

»Das verspreche ich Ihnen, auch wenn ich

nicht verstehe, warum Sie darauf bestehen«, verspricht Anne.

»Warum sollen wir uns hier treffen? Kommen Sie doch zu mir ins Büro«, wundert sich Anne.

David steht auf und erklärt: »Hier sind wir ungestört, niemand kann hören, was wir besprechen. Es ist wirklich besser, dass niemand erfährt, woher und von wem Sie die Informationen haben. Sie können Ihre Handlungen immer mit Ihrer Intuition erklären«, betont er.

Anne verabschiedet sich und als sie sich beim Weggehen umschaut, sieht sie, dass David auf der Bank sitzen bleibt. Gedankenverloren und traurig schaut er wieder auf das Bild seiner Nichte auf dem Grabstein.

Anne geht, in Gedanken versunken, zum Ausgang des Friedhofs. Im Auto bleibt sie eine ganze Zeit sitzen, bevor sie nach Hause fährt. Sie denkt über David nach. Sie entschließ sich, ihm zu vertrauen. Es wird sich zeigen, was er ihr noch an Informationen besorgen kann. Sie fährt los und freut sich auf den Abend mit Hendrik. Ihn hat sie schon als Kind ins Herz geschlossen. Als Nachbarsjunge hat er viel mit Linda, Sina und Collin gespielt. Als die Kinder älter wurden, hat Anne mitbekommen, dass sich Hendrik in Linda verliebt hat. Eine Zeitlang waren sie ein Paar.

Zuhause angekommen sieht sie, dass Hendrik schon da ist. Aus der Küche kommt ihr ein verführerischer Duft entgegen. Die Männer unterhalten sich in der Küche lebhaft, sie lachen, haben offensichtlich gute Laune. Der Tisch ist schon gedeckt. »Das Essen ist fertig«, ruft Max.

»Hallo, ihr zwei. Ich mache mich frisch und bin gleich bei euch«, ruft sie ihnen zu und geht ins Bad.

Erfrischt kommt sie in die Küche, umarmt Max und setzt sich dann zu Hendrik an den Esstisch.

»Wo ist Mark? Ich habe ihn für heute Abend eingeladen. Hat er sich gemeldet und abgesagt?«, fragt Anne.

»Er ist oben bei Linda, sie wollen später herunterkommen. Linda wollte für sie beide kochen.«

Max stellt einen frischgemachten Gemüseauflauf auf den Tisch und sie lassen es sich schmecken.

»Hm, das ist gut. Selten so gut gegessen. Es war so gut, dass ich in Versuchung war, den Teller abzulecken wie ein Kind«, lobt Hendrik und lacht.

Max freut sich über das Lob. »Kochen ist mein Hobby geworden. Ich probiere Rezepte von meiner Mutter und Oma. Ein Kochbuch zu schreiben, ist schon in Planung«, verkündet er stolz. »Ich mache alles in der Küche fertig, ihr könnt euch ins Wohnzimmer zurückziehen«, winkt er ab, als Anne und Hendrik Hilfe in der Küche anbieten.

Anne holt eine gute Flasche Wein und die Gläser aus dem Esszimmer und stellt sie auf dem Couchtisch ab. Hendrik nimmt auf der Couch Platz. Anne setzt sich in einen Sessel, ihm gegenüber. Sie fühlt sich entspannt, der Stress des Tages ist beim Essen und der Unterhaltung dabei von ihr abgefallen.

»Wir können uns schon unterhalten, wenn du willst. Oder warten wir auf Max?«, fragt Anne.

»Max hat mir erzählt, dass Linda wieder nach Frankfurt kommt und bei der Polizei arbeiten wird. Sie hat ihr Studium der Kriminalpsychologie beendet und eine Ausbildung als Profilerin absolviert. Ich habe schon länger nicht alles mitbekommen, was Linda macht. Wir haben keinen Kontakt. Du hast sicher gemerkt, wie sie mich meidet. Warum, weiß ich nicht. Wann kommt sie endgültig nach Frankfurt? Was hat sie vor? Ich habe bisher vermieden, dich zu oft nach Linda zu fragen. Jetzt möchte ich doch mehr wissen. Ist es zu neugierig, so viel zu fragen?«

Anne sieht ihn an und sagt ernsthaft: »Nein, nicht zu neugierig. Es ist normal, dass du fragst, ich verstehe dich. Ich weiß, dass du Linda liebst, schon als Kind geliebt hast.

Wie du ja weißt, hat sie vor vier Jahren ihren Studienfreund, Sven Dörr, geheiratet und ihre Tochter bekommen. Wir waren damals über ihre Heirat verwundert. Auch darüber, dass sie noch vor der Heirat nach Hamburg umgezogen ist. Sie wollte nur eine stille Hochzeit. Wir waren mit Kerstin, Robert, Sina und Collin in Hamburg. Sonst wurde niemand eingeladen.

Linda behauptete, dass es ihr in der Schwangerschaft nicht gut gehe. Sie wollte ihre Heirat nicht verschieben. Nicht erst heiraten, wenn das Kind da ist. Nach der Geburt von ihrer Tochter arbeitete sie in Teilzeit in der Immobilienfirma ihres Mannes und seines Freundes. Ihr Studium der Psychologie beendete sie ein Jahr nach Linns Geburt.

Sven ist vor einem Jahr in den Alpen beim Klettern tödlich verunglückt. «

»Das weiß ich, Anne. Du hast mich vor Kurzem darauf angesprochen, dass dir aufgefallen ist, dass mich Linda, seit sie nach Hamburg gegangen ist, immer noch auffällig meidet.

Sie hat nie gesagt, warum sie nichts mehr von mir wissen wollte. Wir waren zusammen, hatten eigentlich vor, zu heiraten. Von einem Tag auf den anderen wollte sie nicht mehr mit mir sprechen, hat sich auch später nie zu einem klärenden Gespräch aufraffen können. Ich habe es nicht verstanden und verstehe es bis heute nicht.

Wir haben uns zufällig getroffen, als ich vor drei Monaten auf einem Seminar in Hamburg war. Als ich sie angesprochen habe, hat sie mich abgewiesen und darum gebeten, in Ruhe gelassen zu werden. Ich war wie vor den Kopf gestoßen, es war so etwas wie Hass in ihrem Blick«, seufzt Hendrik.

»Bei Familientreffen, wenn ich auch eingeladen bin, nimmt sie sich zusammen, sie kann mir nicht ausweichen, damit es nicht zu sehr auffällt. Aber sie ist kalt, reserviert und abweisend. Es gelingt mir nicht, mit ihr allein zu sprechen. Kannst du mir vielleicht helfen?«, fragt Hendrik und Anne sieht, wie unglücklich er ist.

»Tut mir leid, ich kann sie nicht direkt fragen, was zwischen euch passiert ist. Ich möchte mich lieber nicht in eure Beziehung einmischen. Damit würde ich Partei ergreifen, das wäre für euch beide nicht gut. Linda ist meine Tochter und dich habe ich sehr gern«, meint Anne.

»Ich verstehe schon, dass du dich nicht direkt einmischen willst. Vielleicht findest du einen anderen Weg, um sie zu überzeugen, dass sie mit mir sprechen soll«, schlägt Hendrik vor.

»Ich werde mit Linda dahingehend sprechen, dass sie Klarheit schaffen muss, wenn sie nach

Frankfurt kommt und bei der Polizei arbeitet. Sie hat schon eine Zusage.«

»Seit wann steht es fest?«, fragt Hendrik.

»Erst seit Kurzem. Ich habe vor, Linda zu beauftragen, ein Profil des Mörders von Sina und Frau König zu erstellen. Also wird meine Tochter jetzt schon bei uns mitarbeiten.

Es geht nicht, dass sie mit dir weiter so umgeht wie bisher. Im Kollegenkreis entsteht sonst eine Spannung, die nicht unbemerkt bleiben kann. Ihr seid ein gutes Team, es würde die Zusammenarbeit stören«, betont Anne ernsthaft.

»In der Familie ist Lindas Verhalten dir gegenüber natürlich aufgefallen. Ich werde oft gefragt, ob ich weiß, was los ist. Linda hat abgelehnt, darüber zu sprechen, als ich sie darauf angesprochen habe. Hendrik, wir haben beide die Erfahrung gemacht, dass sie sehr stur sein kann.«

Anne steht auf und gießt für sich neu ein Glas ein. Sie sieht, dass Hendrik bisher kaum etwas getrunken hat. Sie setzt sich wieder hin, trinkt einen Schluck und lehnt sich entspannt in ihrem Sessel zurück.

»Du siehst, dass es nur zwischen euch beiden geklärt werden kann. Wir hatten schon einen Streit, weil sie vor Kurzem ziemlich gehässig gefragt hat, warum du so oft eingeladen bist. Du bist doch nur ein Nachbar und hast bei Familientreffen nichts zu suchen.

Dass ich ihr gesagt habe, dass es sie nichts angeht, wen ich einlade, hat ihr nicht gefallen. Du warst schon immer fast ein Familienmitglied und nur weil es ihr nicht passt, wird sich daran nichts ändern«, sagt Anne etwas verärgert.

»Sie hat dann noch gefragt, warum du bisher eure gemeinsame Freundin Doris nicht geheiratet hast. Hat sich gewundert, dass ich nichts von einer Beziehung zwischen dir und Doris wusste«, sagt Anne noch.

Hendrik schaut sie verwundert an. »Wie kommt Linda darauf, dass ich Doris heiraten sollte? Das verstehe ich nicht. Wir waren doch schon immer nur Freunde.

Doris ist Krankenschwester, wir haben sie kennenlernt, als ich mit fünfzehn wegen der Blinddarm-OP im Krankenhaus war und Linda mich besucht hat. Doris war damals noch in der Ausbildung und wir haben uns angefreundet. Also sind wir schon lange Freunde, nur Freunde.«

Hendrik steht auf, stellt sich an die Terrassentür und atmet kurz durch. Nach einer Weile setzt er sich wieder hin und nimmt einen Schluck von seinem Wein.

»Hendrik, es sieht aus, als wäre da ein Riesenmissverständnis passiert, wie und warum auch immer.«

»Anne, Linda war oft dabei, wenn wir uns getroffen haben. Doris' Freund war schon damals mit von der Partie. Es war klar, dass die beiden heiraten werden. Was sie schon vor drei Jahren auch getan haben. Sie haben eine Tochter, mein Patenkind. Also, was soll das, dass ich Doris heiraten sollte, wie kommt Linda darauf?

Doris hat mich neulich wieder gefragt, was mit Linda los sei. Sie hat Linda, seit sie in Hamburg wohnt, nicht mehr gesehen. Sie hat auch nicht auf ihre Anrufe reagiert. Ich sehe, da ist wirklich eine Klärung notwendig. Ich denke, auch da kann nur Linda eine Klärung schaffen.«

Hendrik hat den Kopf gesenkt und Anne merkt, wie aufgeregt er immer noch ist.

»Es ist schon eine Hilfe, wenn du Linda noch einmal auf die Notwendigkeit einer Aussprache hinweist, denn freiwillig wird sie nicht mit mir sprechen«, sagt Hendrik erleichtert.

Er schaut Anne an, lehnt sich jetzt entspannt zurück und trinkt seinen Wein.

»Das werde ich gleich morgen tun, wir brauchen Lindas Mitarbeit als Profilerin. Da ergeben sich zwangsläufig bei den Ermittlungen Situationen, in denen ihr zusammenarbeiten müsst.«

»Es gibt noch etwas, was mir Kummer macht. Ich habe mein Herz an Lindas Tochter Linn verloren. Sie ist reizend und sie mag mich auch.

Es tut weh, wenn die Kleine auf mich zuläuft und Linda versucht, sie zurückzuhalten«, seufzt Hendrik.

Max ist in der Küche fertig und kommt mit seinem Glas ins Wohnzimmer. Er gießt sich Wein ein, setzt sich zu Anne auf die Sessellehne und legt einen Arm um ihre Schultern.

»Wie ich gehört habe, ist Linda euer Gesprächsthema. Wir freuen uns, dass sie wieder nach Frankfurt kommt und mit Linn oben wohnt.«

Max wendet sich Hendrik zu. »Ich habe gehört, wie bekümmert du über Lindas Verhalten bist. Mir ist seit einiger Zeit aufgefallen, dass sie dich manchmal nachdenklich beobachtet. Was auch immer vorgefallen ist, ich glaube, dass sie einem Gespräch nicht mehr ausweichen wird. Ihr ist wohl klar, dass ihr jetzt bei den Ermittlungen zusammenarbeiten müsst.«

»Fällt dir nichts ein, was der Grund für ihr Verhalten sein kann?«, fragt Max noch.

»Nein, wir wollten doch heiraten. Gerade deshalb ist es für mich unbegreiflich, dass sie sich von mir, ohne einen Grund zu nennen, getrennt hat und sich so verhält. Wir waren an einem Sonntag in einer Eisdiele verabredet. Sie war vor mir da. Ich hatte draußen Doris getroffen und mit ihr kurz gesprochen. Sie hat mich beim

Verabschieden umarmt. Ich weiß nicht, ob uns Linda von drinnen beobachtet hat.

Als ich hereingekommen bin, ist sie von ihrem Stuhl aufgesprungen und ohne ein Wort an mir vorbeigerannt. Seit diesem Nachmittag hat sie mich gemieden, war zu keinem Gespräch bereit.«

»Das ist schon sehr seltsam, finde ich auch«, meint Anne dazu.

»Ich kann mir einfach nicht vorstellen, dass ihr Verhalten mit dem Gespräch und der Umarmung von Doris vor der Eisdiele zu tun hat. Das wäre Linda einfach nicht würdig, sich deshalb so extrem zu verhalten.

Am Anfang war ich wütend, dass sie so stur ist. Ich weiß nicht, womit ich sie so schwer verletzt haben soll, dass sie mich fast zu hassen scheint. Es fällt mir nichts ein. Jetzt bin ich nur noch traurig. Auf jeden Fall möchte ich endlich erfahren, was ich getan haben soll.«

»Es wird sich für Linda viel ändern, wenn sie hier ist. Wir werden sehen, wie sich alles entwickelt. Im Vordergrund muss jetzt stehen, dass wir den Mörder von Sina und Frau König finden, und da wird, wie gesagt, eure Zusammenarbeit wichtig«, beruhigt Anne Hendrik.

Es wird noch ein schöner Abend, die Unterhaltung ist lebhaft und Hendrik entspannt sich. Max holt Holz und macht den Kamin an. Es ist gemütlich warm. Draußen ist es schon dunkel und es regnet wieder.

»Linda wird jetzt hier leben und sie wird einsehen müssen, dass sie sich nicht weiter so verhalten kann«, sagt Max.

»Sie hatte nach dem Tod von Sven vor, halbtags in der Immobilienfirma zu arbeiten. Nachdem sie ihr Studium beendete, will sie nun doch zurück nach Frankfurt kommen. Deshalb will sie den Vertrag auflösen.

Ich fahre nächste Woche nach Hamburg, um Svens Gesellschaftsvertrag mit seinem Kompagnon aufzulösen. Linda ist nach Svens Tod Teilhaberin. Es wird keine Probleme geben, die Kompagnons waren Freunde, es ist alles geregelt«, versichert Max.

Anne hört zu und erklärt noch: »Den Umzug nach Frankfurt hat Linda für Anfang der nächsten Woche geplant. Der Umzugswagen kommt am Dienstag, Linda wird mit Linn hierbleiben, um alles vorzubereiten. Der Freund von Sven wird in Hamburg die Umzugsfirma betreuen. Ihre Wohnung wird er dem Vermieter in Lindas Namen übergeben.«

Hendrik steht auf. »Ich verabschiede mich jetzt, ich bin müde. Danke für eure Geduld und für den schönen Abend. Max, du hast dich wieder beim Kochen übertroffen, es war so gut.

Ich laufe noch ein Stück, es hat aufgehört zu regnen, habe zu viel getrunken. Die Bewegung wird mir guttun.« Er küsst Anne, umarmt Max und bedankt sich noch einmal für den schönen Abend.

Anne und Max räumen die benutzten Gläser weg. Beide mögen morgens keine unaufgeräumte Küche.

Im Bad machen sie sich für die Nacht fertig. Die Unterhaltung geht im Bad weiter. Beide haben gute Laune.

»Das Verhalten Lindas macht Hendrik schwer zu schaffen. Mal sehen, wie sich alles noch entwickelt, wenn sie hier ist.

Ich gehe jetzt ins Bett, ich bin müde. Kommst du mit?«, fragt Anne.

»Ich gehe gerne mit dir ins Bett, selbst nach 26 Jahren«, lästert Max. »Und nix mit müde«, lacht er.

Anne kichert auf dem Weg ins Schlafzimmer und lässt sich aufs Bett fallen. Max läuft ihr nach und legt sich neben sie. Sie lachen und umarmen sich leidenschaftlich.

6. Kapitel

Am nächsten Vormittag sucht Anne mit Hendrik Karsten Stein in dessen Wohnung auf. In der Firma hat sie erfahren, dass er sich krankgemeldet hat. Hendrik klingelt, es dauert ein paar Minuten, bis Karsten aufmacht.

Karsten ist klein und sehr korpulent. Sein Gesicht ist voll von Narben. Eine Folge von vielen Pickeln in der Pubertät. Obwohl er noch keine dreißig Jahre alt ist, hat er schon eine Stirnglatze und auch sonst eher spärlichen Haarwuchs.

»Guten Tag, Karsten. Dürfen wir hereinkommen? Wir haben Fragen an dich«, sagt Anne.

»Warum kommt ihr zu mir?«, wendet er sich an Hendrik. »Das werden wir dir gleich erklären.«

»Na gut, kommt rein. Entschuldigt, dass ich im Schlafanzug bin. Ich habe noch geschlafen, ich bin krank, habe Kopfschmerzen.«

Anne schaut sich um. In der Wohnung herrscht Chaos und es wurde wohl schon lange nicht gelüftet.

Karsten bittet Anne und Hendrik ins Wohnzimmer. Hier ist es dunkel, die Rollos hat Karsten noch nicht hochgezogen. Es riecht stark nach Rauch, mehrere volle Aschenbecher stehen auf dem Tisch.

Er hat sicherlich abends auf der Couch gelegen. Daneben liegen Zeitungen und Zeitschriften verstreut. Die Sessel und Stühle sind voll von benutzten Kleidungsstücken. Der Geruch lässt vermuten, dass sie dort schon lange herumliegen. Karsten räumt schnell zwei Stühle frei und fragt, ob sie Platz nehmen wollen. Sie verzichten auf die Einladung und bleiben stehen.

»Karsten, was für ein Verhältnis hattest du zu Sina? Als Kinder habt ihr ja zusammengespielt. Wie war es, seitdem ihr erwachsen seid?«, fragt Anne. Sie schaut ihn an und sieht, wie er aufgeregt Worte sucht.

»Ich habe sie geliebt«, behauptet er nervös. »So geliebt, dass du sie belästigt hast?« »Ich habe sie nicht belästigt und ganz sicher nicht ermordet, wenn ihr das denkt«, ereifert er sich.

Er setzt sich auf einen der bereitgestellten Stühle und Anne sieht, dass er Mühe hat, sich zu beherrschen.

»Ich habe Sina wirklich geliebt. Als wir klein waren, habe ich sie zusammen mit Lisa geärgert, das stimmt. Mit Lisa hatte ich Streit, als wir älter wurden und ich ihr klargemacht habe, dass ich

118

da nicht mehr mitmache. Ich habe mich in Sina verliebt und verstehe einfach nicht, dass sie mich nicht leiden konnte. Habe immer wieder versucht, mit ihr zu reden, aber das ist doch keine Belästigung!«

»Wir haben Information, dass du ihr mehrmals aufgelauert hast. Als sie nicht mit dir sprechen wollte, hast du ihr gedroht. Ist dir das entfallen?«, wundert sich Anne.

»Ich weiß nicht, wer so etwas erzählt. Das stimmt nicht.«

»Die Information ist zuverlässig, es gibt keinen Zweifel. Es gibt einen Zeugen dafür.«

Hendrik fragt, während sich Anne Notizen macht. »Wo warst du an dem Samstagabend, als Sina ermordet wurde? Zwischen 20 und 24 Uhr?«

»Ich war mit Heinz Sudof von 19 bis 23 Uhr in einer Gaststätte, in der Nähe seiner Wohnung. Ich habe zu viel getrunken und konnte nicht mehr fahren. Habe bei Heinz übernachtet. Ihr könnt ihn fragen«, regt er sich weiter auf.

»Das werden wir ganz bestimmt. Wir werden deine Aussage überprüfen und dich bei Unstimmigkeiten wieder befragen«, versichert Anne.

Sie verabschieden sich und unterwegs zu ihrem Auto meint Anne zu Hendrik: »Was für ein unsympathischer Mensch, das fand ich schon immer. Auch Kerstin mag ihn nicht. Wenn ihn Lisa nach einem Besuch bei ihrer Mutter mitgebracht hat, gab es zwischen den Kindern immer Streit. Lisa ist mit ihm öfter auch zu uns gekommen, um mit Linda zu spielen. Das ist ebenfalls nie ohne Streitigkeiten gegangen. Drahtzieherin war immer vor allem Lisa. Karsten hat mitgemacht, er wollte Lisa imponieren.

Als sie älter wurden, hat Karsten angefangen, Sina zu erklären, wie sehr er sie liebt. Wenn er sie belästigte, hat sie sich an Robert gewandt und er hat Karsten seine Besuche im Haus verboten.«

Anne holt ihr Handy aus der Tasche und ruft in der Firma Klein an.

»Bitte verbinden Sie mich mit Herrn Heinz Sudof, dem Chef der IT-Abteilung.« Sie wird von der Zentrale verbunden.

Herr Sudof meldet sich. »Staatsanwältin Hofer. Kann ich mit Hauptkommissar Klein zu Ihnen ins Büro kommen, oder möchten Sie lieber ins Polizeipräsidium kommen? Wir haben ein paar Fragen. Nein, es hat nicht Zeit bis heute Nachmittag. Gut, wir sind in einer Viertelstunde bei Ihnen«, beendet sie das Gespräch.

Heinz Sudof hat einen Mitarbeiter an die Pforte geschickt, um Anne und Hendrik abzuholen. Er erwartet sie an der Tür seines Büros und bittet sie herein.

Er setzt sich an seinen Schreibtisch und bietet

ihnen Platz ihm gegenüber an. »Was führt Sie zu mir?«, fragt er.

»Wir kommen gerade von Karsten Stein. Wo waren Sie an dem Abend, als Sina ermordet wurde?«, fragt Anne.

»Karsten und ich haben uns gegen 19 Uhr in einer Gaststätte getroffen. Haben gegessen und ziemlich viel getrunken. Karsten war nicht in der Lage noch zu fahren. Ich habe ihm angeboten, bei mir zu übernachten. Zu mir war es nur ein kurzer Fußweg«, berichtet er.

»Wann haben Sie das Lokal verlassen?«

»So gegen 23 Uhr. Es war an dem Abend viel los. Ich habe keinen Bekannten getroffen, aber der Wirt wird sich bestimmt an uns erinnern.«

»Hat Karsten zwischendurch die Gaststätte verlassen?«, fragt Anne. »Nein«, antwortet Heinz Sudof. »Gut, das ist vorläufig alles, wir werden das überprüfen.« Sie verabschieden sich und fahren ins Präsidium.

Im Auto sagt Anne: »Hendrik, ich fand, dass Herr Sudof sehr nervös wirkte. Er verheimlicht etwas, da bin ich fast sicher.«

»Das finde ich auch, ich hatte ebenfalls das Gefühl, dass er lügt. Falls Karsten nicht die ganz Zeit dabei war, werden wir es herausfinden. Das kann er sich doch denken«, meint Hendrik. Noch im Auto ruft Anne Kommissar Roth an und bittet ihn, die Gaststätte, die Heinz Sudof genannt hat, aufzusuchen, um Karstens Aussage zu überprüfen.

Sie gehen in den Konferenzraum, wo sie von den Kollegen der Soko erwartet werden.

Die Kollegen haben bereits in der Firma Klein Mitarbeiter befragt, ob jemand wusste, warum Frau König früher gehen wollte. Sie berichten, dass Frau König eine Kollegin gebeten hat, sie zu vertreten. Sie sagte aber nicht, was sie vorhat. Die Kollegin, die ihr zugesagt hat, wusste auch nicht, ob Frau König noch andere Mitarbeiter wegen der Vertretung angesprochen hatte.

Drei Kolleginnen, die in der Vergangenheit Frau König bei Krankheit oder Urlaub vertreten haben, sind nicht gefragt worden. Keine weitere Kollegin wurde von Frau König um eine Vertretung gebeten.

Fotos von Herrn Stein wurden in der Nachbarschaft gezeigt. Zwei Nachbarn haben bestätigt, dass dieser Mann in der Vergangenheit gesehen wurde, wie er das Haus beobachtet hat. Sie konnten sich aber nicht erinnern, ob er an dem Samstag, als Sina ermordet wurde, auch dagewesen ist.

Während ein Kollege über weitere Befragungen in der Nachbarschaft berichtet, kommt Kommissar Roth dazu. »Haben Sie etwas erfahren?«, fragt Anne. »Der Wirt erinnert sich an die Herren Sudof und Stein, kann aber nicht sagen, ob sie den ganzen Abend da waren, und wann sie gegangen sind. Er kann nicht ausschließen, dass einer der beiden zwischendurch weg war.«

Anne meint dazu: »Vorläufig haben wir keine andere Wahl, als uns darauf zu verlassen, dass die Alibis stimmen. Fragen Sie den Wirt nach Gästen, die er kennt und die an dem Abend da waren. So können wir mehr erfahren. Wir machen heute Schluss und treffen uns morgen Vormittag. Wenn jemand wichtige Informationen hat, teilt sie mir bitte sofort direkt mit.« Die Kollegen verabschieden sich.

Es ist später Vormittag und Anne beschließt, ihre Schwester zu besuchen, und kündigt sich bei ihr telefonisch an. »Hallo Kerstin, ich würde gerne bei dir vorbeikommen. Passt es dir?«, fragt sie.

»Gerne, Anne, ich freue mich, dass du Zeit hast«, sagt Kerstin gleich.

»Gut, ich mache noch kurz einen Abstecher in den Supermarkt. Wenn ich meinen Einkauf zu Hause verstaut habe, komme ich gleich zu dir hinüber. Bis gleich.«

Anne bringt ihren Einkauf in die Küche. Sie hat alles mitgebracht, was Max für die Vorbereitung des Abendessens bestellt hat. Nachdem sie alles verstaut hat, geht sie hinüber zu Kerstin.

Sie klingelt, es dauert eine Weile, bis Kerstin

aufmacht. »Ich war unten im Büro, habe angefangen wieder zu arbeiten, male auch wieder. Komm herein.« Anne umarmt Kerstin und drückt sie an sich. »Kerstin, du siehst besser aus«, freut sie sich. Ihre Schwester wirkt nicht mehr gehetzt, ist geschminkt, sie war heute schon beim Friseur. Nur ihre Augen geben die Traurigkeit wieder, die nicht so schnell überwunden werden kann.

»Schön, dass du gekommen bist, Anne. Ich koche uns einen Cappuccino, und wir machen es uns gemütlich. Ich habe mir heute Obstsalat bereitet. Möchtest du etwas davon haben? Ich habe gehackte Nüsse darüber gegeben.«

»Gerne, ich habe noch nichts gegessen.«

Kerstin holt für beide Schüsseln für den Obstsalat. Sie setzen sich an den Tisch und lassen es sich schmecken. Als sie fertig sind, trägt Kerstin die Schüsseln in die Küche und bringt den Cappuccino mit. Anne schöpft mit dem Löffel den Milchschaum ab und nimmt genüsslich einen Schluck.

Kerstin eröffnet das Gespräch. »Mir ist eingefallen, dass Sina erzählt hat, dass Frau König ein Verhältnis mit Herrn Sudof Senior hatte. Er ist Chefbuchhalter und Prokurist in der Firma Klein, er ist der Vater von Heinz Sudof. Er kam ins Büro gestürmt und hat mit Frau König heftig gestritten. Leise, damit es die Kollegen nicht mitbekommen. Von ihrem Verhältnis sollte niemand wissen. Sina stand am Kopierer und konnte alles mithören. Als er sie bemerkte, war es ihm peinlich und er ist gleich gegangen. Das war ungefähr eine Woche, bevor Sina gestorben ist.

Frau König erzählte dann, dass Herr Sudof Angst hatte, dass der Chef von ihrem Verhältnis erfährt. Dass es Sina nun wusste, war ihm gar nicht recht«, meint Kerstin.

»Das ist wichtig, ich werde Herrn Sudof aufsuchen. Ich bin sicher, dass in der Firma etwas nicht stimmt. Hast du Frau König eigentlich gut gekannt?«

»Ja, sogar sehr gut. Als ich in der Firma angefangen habe, war sie zurückhaltend. Robert ist häufiger als nötig in unser Büro gekommen, das war ihr nicht recht. Sie hat natürlich gemerkt, dass er wegen mir kommt.

Nachdem ich Robert geheiratet habe, haben wir uns angefreundet und uns auch öfter privat getroffen. Frau König hat Sina bei der Einarbeitung in der Firma sehr unterstützt. Sie haben sich gut verstanden, haben auch privat Kontakt gehabt. Sina war bei der Hochzeit ihrer Tochter eingeladen.« »Du weißt, dass Mark der Vater von Sinas Kind war. Mark hat mir gesagt, dass er annimmt, dass Lisa ein Verhältnis mit Heinz Sudof hat. Weißt du davon?«

»Das habe ich schon länger vermutet. Die Ehe von Mark und Lisa ist nicht gut. Lisa hat schnell begriffen, dass Mark sie nicht liebt. Er hat sich von ihr trösten lassen, aber er konnte Sina nicht vergessen. Mark besuchte mich, nachdem er bei dir war. Er ist verzweifelt und wird mit Sinas Tod nicht fertig. Er tut mir so leid. Er hat ein Angebot seiner Firma, in die Zweigstelle in München zu wechseln, angenommen. Er wird, sobald er eine Wohnung hat, nach München umziehen.«

»Ich weiß, das hat er mir schon erzählt«, meint Anne.

Die Sonne scheint, Anne und Kerstin nehmen ihre Tassen und setzen sich an den Tisch auf der Terrasse. Draußen ist es ruhig, die Sonne scheint, beide genießen die Wärme. Sie genießen den Blick in den Garten. Die Vielfalt der Frühlingsblumen ist wie ein bunter Teppich, der von der Sonne angestrahlt wird. Die Schönheit des Gartens ist das Ergebnis der Arbeit und Pflege, welche die Schwestern dem Garten widmen. Viele Wochenenden und auch Urlaubstage verbringen sie hier, um zu harken und zu pflanzen. Auf der Terrasse steht immer eine Kanne Kaffee oder Tee für ein kleines Päuschen bereit. Sie genießen das Zusammensein im Garten sehr.

Kerstin ist nachdenklich, rührt in ihrer Tasse, sieht in die Ferne. Sie scheint zu überlegen, wie sie das, was sie bewegt, ihrer Schwester sagen soll. Nach einer Weile sagt sie traurig: »Anne, ich mache mir Vorwürfe, dass ich nichts geahnt habe. Dass wir ausgerechnet an dem Wochenende verreist waren. Dass ich als Mutter nicht einmal gewusst habe, dass meine Tochter schwanger war«, sagt Kerstin mit Tränen in den Augen.

Anne versteht, was ihre Schwester bewegt. »Wir fühlen uns immer schuldig, wenn jemand gestorben ist. Glauben, dass wir etwas hätten ändern können. Mir ging es genauso, als meine Tochter verunglückt ist. Ich konnte es nicht ertragen, am Leben zu sein. Ich habe mir damals auch Vorwürfe gemacht und mich gefragt, warum ich nichts geahnt habe.«

»Anne, du hast doch als Kind erzählt, dass du unseren Großvater, der vor Kurzem gestorben war, sehen konntest. Du hast unsere Mutter genervt, als du nicht zulassen wolltest, dass sich jemand auf seinen Stuhl am Tisch setzt. Kannst du jetzt nichts mehr sehen, vielleicht Sina wahrnehmen?«

»Mutter hat mir verboten, solchen Unsinn zu erzählen. Irgendwann habe ich dann nichts mehr gesehen. Heute vermute ich, dass ich das damals geträumt habe. Weder meine Tochter damals nach dem Unfall noch Sina kann ich wahrnehmen, tut mir leid«, seufzt Anne.

»Was bei mir sehr ausgeprägt ist, ist meine Intuition. Ich verlasse mich auf mein Bauchgefühl im Umgang mit Menschen. Im Beruf hat es mir schon oft geholfen, das Richtige zu entscheiden. Ich muss dann aufpassen, dass ich für meine Entscheidungen logische Gründe angebe. Sonst würde mich niemand ernst nehmen.«

»Das weiß ich. Linda ist, genau wie du, emphatisch veranlagt. Es hat mich oft überrascht, wie treffend sie im Umgang mit Menschen entscheidet. Deshalb hat sie wohl Psychologie studiert, das passt zu ihr.

Was ich allerdings nicht verstehe, ist ihr Verhalten Hendrik gegenüber, da muss etwas sehr Ernstes vorgefallen sein«, meint Kerstin.

»Ich habe Hendrik gern, es tut mir leid, wenn ich sehe, wie traurig er über Lindas Verhalten ist. Er sagte mir, dass er wirklich keine Ahnung hat, warum ihn Linda so plötzlich hasst. So sieht es für ihn aus. Es wird Zeit, dass sie miteinander sprechen. Die Bereitschaft dazu muss von Linda ausgehen«, meint Kerstin.

»Hendrik hat seit der Trennung von ihr keine längere Beziehung gehabt. Ich vermute, dass er Linda immer noch liebt, trotz ihres Verhaltens ihm gegenüber. Linda muss unbedingt endlich mit ihm sprechen. Seine Versuche, ein Gespräch mit ihr zu führen, hat sie bisher stur blockiert. Ich hoffe für Hendrik, dass sich endlich klärt, was Lindas Verhalten verursachte. Er sagt immer, er hätte keine Ahnung, was er ›verbrochen‹ haben soll. Dass Linda glaubt, ihn so behandeln zu müssen. Linda kommt jetzt zurück nach Frankfurt, sie kann ihm nicht weiterhin ausweichen und ihn wie Luft behandeln. Wir sind mit seinen Eltern und ihm befreundet, sind oft zusammen. Es würde die ganze Familie belasten.«

»Wie weit seid ihr mit den Ermittlungen?«, fragt Kerstin leise nach einer kurzen Pause.

»Wir kommen nicht weiter. Wir haben bisher einen Verdächtigen, der vielleicht ein Motiv für den Mord an Sina haben könnte. Er hat allerdings ein Alibi, das noch überprüft werden muss.

Ebenfalls werden wir sein Alibi für den Abend des Mordes an Frau König überprüfen. Da ergaben sich Zusammenhänge, die untersucht werden müssen«, berichtet Anne. Sie schweigt eine Weile und spricht leise weiter. »Ich erzähle dir jetzt etwas, was du für dich behalten musst«, sagt Anne eindringlich.

»Auf dem Friedhof ist mir bei Sinas Beerdigung ein Mann aufgefallen. Er saß auf einer Bank in der Nähe und schaute traurig auf das Grab eines Kindes.

Als ich vorgestern Sinas Grab besuchte, war

er wieder da. Ich habe mich zu ihm gesetzt und ihn angesprochen.

Er war fast erschrocken, so tief war er in seinen Gedanken versunken. Er war erstaunt, dass ich ihn angesprochen habe. Dann hat er sich vorgestellt, allerdings nur mit Vornamen. Er hat gesagt, dass er wisse, wer ich bin und dass ich den Mörder meiner Nichte suche. Er hat angeboten, mir Informationen zu verschaffen. Dabei hat er Bedingungen genannt, an die ich mich halten muss. Ich darf ihn in Gegenwart anderer Menschen nicht ansprechen und mit niemandem über ihn sprechen. Niemand soll erfahren, dass ich von ihm Informationen bekomme.

Er sagte, dass er nicht mehr im Dienst ist. Ich vermute, dass er ein Polizist oder ein Kriminalbeamter war. Beurlaubt oder in Pension. Er versicherte, dass er nichts Ungesetzliches unternimmt.

Ich habe ein gutes Gefühl bei ihm. Was hältst du davon?« »Dann verlass dich auf deine Intuition, vielleicht besorgt er dir gute Informationen. Du wirst doch merken, wenn etwas nicht stimmt«, meint Kerstin.

»Ihm verdanke ich schon den Hinweis auf Mark. Ohne seine Empfehlung, mich an Mark zu wenden, hätte es noch länger gedauert, bis er zu mir gekommen wäre. Wir haben viel Zeit vergeudet bei der Suche nach einem unbekannten

Liebhaber, dem Vater von Sinas Kind. Dass ich mich wegen Frau König an dich wenden soll, hat mich auch überrascht. Wie er darauf kommt, ist mir ein Rätsel«, grübelt Anne.

Die Schwestern bleiben noch draußen sitzen und unterhalten sich. Kerstin spricht über Collin, sie ist glücklich darüber, dass er jetzt jedes Wochenende nach Hause kommt. »Er ist so lieb, er macht sich Sorgen um seine Eltern. Dabei ist er so traurig und braucht selbst Trost. Mir geht es so, dass ich oft das Gefühl habe, dass Sina bei mir ist, ich vermisse sie so sehr«, sagt Kerstin.

»Mir geht es heute noch so, dass ich die Anwesenheit meiner Tochter fühle, nach so vielen Jahren. Die Trauer und die Liebe sind geblieben, sind nur zurückgetreten, sonst könnten wir nicht weiterleben. Der Tod hat dir Sina genommen, aber die Liebe und die Erinnerungen bleiben für immer«, meint Anne.

»Kerstin, die Besonderheit unserer Familien besteht darin, dass wir zusammenhalten. Bis auf Lisa, die oft extrem launisch ist, gibt es keinen ernsthaften Streit unter uns. Wenn es die ganz normalen gegensätzlichen Meinungen gibt, regeln wir es, ohne es so weit kommen zu lassen, dass sich jemand absondern muss.

Das ist ungewöhnlich, das wissen wir. Es gibt überall so viel Unfrieden und Hass in den Familien. Wir setzen uns schon immer regelmäßig zusammen und sprechen über Probleme, die sich zwangsläufig im Leben ergeben.

Dabei haben wir gelernt, andere Meinungen zu respektieren. Gegenseitiger Respekt ist heutzutage selten geworden, es wird zu sehr die eigene Meinung als die einzig richtige verteidigt.

Die Menschen haben vergessen, dass der Sinn eines Gesprächs und einer Diskussion ein Austausch verschiedener Meinungen ist. Mit Respekt für die Meinung der anderen Teilnehmer. Dass es nicht darum geht, dass ein Diskussionsteilnehmer gewinnt und recht hat. Niemand soll erwarten, dass seine Meinung von den anderen übernommen werden muss. Wir gehen ganz bewusst damit um, eine friedliche Lösung zu finden. Das ist nicht immer einfach, aber die Mühe lohnt sich.«

»Das stimmt, es ist uns wirklich allen bewusst. Wir wissen, dass es vor allem deiner Initiative zu verdanken ist, den Frieden in der Familie zu erhalten«, meint Kerstin dankbar.

»Ja, dafür lohnt sich alle Mühe. An Lisa sehen wir, dass es manchmal trotzdem nicht gelingt. Auch das müssen wir letzten Endes akzeptieren. Sie will einfach ihre kritische Position nicht aufgeben. Sorgt in der Familie immer wieder für Unfrieden. Glücklich ist sie dabei ganz offensichtlich nicht. In der letzten Zeit kommt sie mir noch unzufriedener vor. Wenn nicht alles nach ihrem Kopf geht, wird sie fast aggressiv, merke ich«, stellt Anne fest.

»Kerstin, du hast berüflich und als Künstlerin mit vielen Menschen zu tun. Wenn du von einer Ausstellung kommst, dabei mit vielen Menschen gesprochen hast, sagst du oft, dass es erschreckend sei, wie viel Neid und Hass es zwischen den Menschen und in den Familien gebe.

Mir geht es doch auch so. In meinem Beruf werde ich mit so viel Negativem konfrontiert. Manchmal zweifele ich, ob das, was wir als Recht durchsetzen, auch gerecht ist. Ich muss dann aufpassen, dass ich meinen Beruf nicht in Frage stelle.

Umso wichtiger sind uns die Bemühungen, als Ausgleich Frieden in unseren Familien zu erhalten. Gerade jetzt, bei so schweren Schicksalsschlägen, erfahren wir, wie wichtig der Zusammenhalt ist«, meint Anne.

»Jetzt habe ich so viel geredet, es reicht für heute,«sagt sie ernsthaft, lehnt sich zurück und die Schwestern schweigen eine Zeitlang.

Sie trinken noch eine Tasse Kaffee und Anne sagt dann, dass sie noch vieles erledigen muss.

»Ich muss noch heute mit Herrn Sudof Senior sprechen.« Sie nimmt ihr Handy in die Hand und lässt sich über die Zentrale in der Firma Klein mit ihm verbinden.

»Staatsanwältin Hofer. Herr Sudof, ich habe

133

Fragen an Sie. Soll ich Sie in ihrem Büro aufsuchen, oder ist es Ihnen lieber, dass Sie zu mir kommen? Noch heute«, betont sie.

»Was für Fragen? Warum ist es notwendig, mit mir zu sprechen?«, fragt er ungehalten.

»Das werden Sie schon erfahren. Also, bei Ihnen oder in meinem Büro?«

»Gut, wenn Sie meinen, dann in Ihrem Büro. Es dauert ungefähr eine Stunde, bis ich bei Ihnen bin. Ich muss noch Wichtiges erledigen.«

»In Ordnung, ich erwarte Sie. Melden Sie sich am Eingang und sagen Sie, dass Sie mit mir verabredet sind.«

Anne legt auf und wendet sich an Kerstin. »Ich fahre jetzt los, Herr Sudof kommt zu mir.

Kerstin, es freut mich, dass du wieder arbeitest. Sonst grübelst du zu viel. Der Spruch, dass die Zeit alle Wunden heilt, ist nur ein Spruch. Die Trauer und die Gefühle treten mit der Zeit nur in den Hintergrund, sie bleiben für immer. Der Schmerz wird uns ein Leben lang begleiten. Einmal mehr, einmal weniger intensiv. Ich habe manchmal das Gefühl, als wäre alles gerade erst passiert«, meint Anne.

»Du bist stark, hast vorhin erzählt, dass du nur leichte Beruhigungsmittel nimmst, es geht auch so. Du hast das Recht zu trauern und zu weinen. Ich selbst habe nach dem Tod meiner Tochter auch nur in den ersten Tagen Beruhigungsmittel genommen. Ich habe gemerkt, dass ich nicht mehr denken konnte. Beim Lesen habe ich festgestellt, dass ich am Ende einer Seite nicht mehr wusste, was ich oben gelesen hatte. Wir sind beide stark, du hast mir damals geholfen, jetzt helfe ich dir.«

Die Schwestern umarmen sich. Anne geht zu ihrem Auto und fährt los.

7. *Kapitel*

»Herr Sudof ist da«, meldet die Sekretärin, nachdem Anne sich in ihrem Büro etwa eine Stunde lang ihren Akten gewidmet hat.

Anne steht auf und gibt dem Mann, der hereinkommt, die Hand. Er ist groß und hat einen Bauchansatz, hat bereits weiße Haare und viele Falten im Gesicht. Anne schätzt, dass er hoch in den Fünfzigern ist.

»Bitte nehmen Sie Platz«, bietet sie ihm einen Stuhl ihr gegenüber an. Er setzt sich, schlägt die Beine übereinander. Annes Angebot, ihm etwas zu trinken zu besorgen, lehnt er unfreundlich ab.

»Können wir es kurz machen? Ich habe keine Zeit«, sagt Herr Sudof unwirsch.

»Sie müssen schon so viel Zeit haben, wie es notwendig ist«, reagiert Anne ruhig auf seine Unfreundlichkeit.

»Ich habe von Ihrem Verhältnis mit Frau König erfahren. Sie hatten ein paar Tage vor ihrem Tod einen heftigen Streit. Unser Informant teilte uns mit, dass Herr Klein von Ihrer Beziehung nicht erfahren sollte.«

»Wer erzählt denn so was?«, regt sich Herr Sudof auf.

»Wer uns das gesagt hat, spielt keine Rolle. Von Ihnen will ich wissen, ob es stimmt.«

Anne beobachtet ihn und merkt, wie er mit sich kämpft.

»Ja, wir hatten einen Streit. Ich habe Frau König mitgeteilt, dass unser Verhältnis beendet sei. Ich war sicher, dass der Chef unser Verhältnis nicht gutheißen würde. Aber, ich habe sie nicht umgebracht, falls Sie mir das unterstellen wollen«, ereifert er sich.

»Wo waren Sie am Abend des Mordes zwischen 20 und 24 Uhr?«

»Meine Schwester hat ihren fünfzigsten Geburtstag gefeiert. Sie wohnt in Bad Homburg. Ich habe ihr bei den Vorbereitungen geholfen und bei ihr übernachtet. Es war viel zu tun. Ich wohne in Mörfelden, wollte nicht hin- und herfahren. Das können Sie nachprüfen.«

»Das werden wir tun. Herr Sudof, wir ermitteln in der Firma Klein. Vor zwei Jahren wurden zwei Mitarbeiter entlassen. Es wurden ausländische Arbeiter zum Niedriglohn illegal beschäftigt. Zwei Mitarbeitern konnte nachgewiesen werden, dass sie Dokumente gefälscht haben. Der Drahtzieher wurde damals nicht gefunden. Haben Sie eventuell einen Verdacht, dass da wieder so etwas verheimlicht wird?«

Herr Sudof wird rot vor Ärger. »Wollen Sie mir da etwas unterstellen? Ich bin Chef der Buchhaltung, mir würde das doch auffallen!«, regt er sich auf.

»Ich will Ihnen gar nichts unterstellen. Vor zwei Jahren ist Ihnen über die Buchhaltung nichts aufgefallen. Da wurden, soviel wir wissen, Buchungen über ein besonderes Konto vorgenommen. Die Gelder von diesem Konto wurden auf ein Auslandskonto überwiesen. Das Konto wurde leergeräumt und gelöscht, bevor seitens der Behörden darauf zugegriffen werden konnte. Der Inhaber des Kontos konnte nicht ausfindig gemacht werden«, erklärt Anne ruhig.

»Gegen mich wurde damals ermittelt. Man konnte mir aber nichts nachweisen. Ich hatte damit auch nichts zu tun«, regt sich Herr Sudof weiter auf.

»Beruhigen Sie sich, ich will Ihnen nichts unterstellen. Wir müssen in der Firma ermitteln. Falls dort etwas Derartiges wieder stattfindet, kann es sein, dass Sina und Frau König etwas entdeckt haben. Das kann ihnen zum Verhängnis geworden sein. Also ist eine Prüfung der Geschäftsvorgänge unbedingt notwendig. Wir müssen alle Buchungsunterlagen einsehen. Dazu haben wir bereits die Genehmigung von Herrn Klein.

Beamte des Finanzamtes sind bereits unterwegs, sie werden noch heute mit der Untersuchung beginnen.

Bitte stehen Sie ihnen dabei zur Verfügung«, betont Anne.

»Ich bin ganz sicher, dass sie nichts finden werden. Ich habe seit dem Vorfall vor zwei Jahren selbst regelmäßig alle Kontobewegungen genaustens überwacht«, versichert er.

»Es müssen nicht unbedingt wieder illegale Arbeiter beschäftigt sein. Eine Sonderkommission wird prüfen, ob eventuell Baumaterial organisiert gestohlen wird. Bitte sorgen Sie dafür, dass alle Unterlagen eingesehen werden können.«

»Da können Sie sicher sein, dass ich schon im eigenen Interesse alles tun werde, um die Untersuchung zu unterstützen«, versichert Herr Sudof jetzt freundlicher und lächelt etwas süffisant.

»Gut, das war für heute alles. Wir werden Ihr Alibi für den Abend des Mordes überprüfen. Sie können jetzt gehen. In den nächsten Tagen halten Sie sich bitte für weitere Fragen zur Verfügung«, betont Anne noch.

Sie stehen auf, Anne gibt Herrn Sudof die Hand und bittet ihre Sekretärin, ihn zum Ausgang zu begleiten.

Später in ihrem Büro klingelt erneut das Telefon. Sie schaut aufs Display und hebt ab. »Hallo Hendrik, gibt es etwas Neues?«, meldet sie sich.

Hendrik berichtet, dass sich der Wirt der Gaststätte nicht genau erinnern könne, welche ihm bekannten Gäste an dem Samstag da waren. An Herrn Stein und Herrn Sudof könne er sich erinnern, aber nicht genau an die Zeit, wann sie gekommen und gegangen seien. So kann nicht ausgeschlossen werden, dass sich einer von den Verdächtigen eine Zeitlang entfernt hat.

Anne gibt Hendrik die Anweisung, Heinz Sudof zur Befragung abzuholen. Sie würde warten, bis sie kommen.

Sie kocht sich eine Tasse Kaffee und setzt sich wieder an den Schreibtisch.

Wie so oft kreisen ihre Gedanken um ihren Sohn Gerrit. Wenn sein Vater, der keine weiteren Kinder bekommen hat, Kontakt mit Gerrit sucht, kommt es immer wieder zum Streit.

Er will Gerrit in seinem Bekanntenkreis als seinen erfolgreichen Sohn vorstellen, auf den er stolz ist. Gerrit hat studiert und eine Zahnarztpraxis in Bad Homburg. Er ist glücklich und zufrieden, mit seiner Praxis ist er erfolgreich.

Sein Vater will unbedingt erreichen, Kontakt zu seinen Enkelkindern zu bekommen. Das möchte Gerrit auf jeden Fall verhindern. Anne muss ihm immer wieder zureden, dass er sich nicht von seinem Vater die Laune verderben lässt. So kreisen ihre Gedanken um ihren Sohn und sie merkt nicht, wie die Zeit vergeht.

Anne selbst hat kaum noch Kontakt zu ihrem geschiedenen Mann. Er ruft sie ab und zu an und möchte sich mit ihr treffen. Er ist der Meinung oder hat die Hoffnung, dass sie sich bei ihrem Sohn für ihn einsetzen könnte. Das lehnt sie entschieden ab. Trotzdem versucht er es immer wieder.

Es ist eine Stunde vergangen und Hendrik meldet sich aus dem Konferenzraum. Anne geht hinüber. Hendrik hat Heinz Sudof mitgebracht, der darum bittet, dass die Unterredung nicht zu lange dauere, er habe nur wenig Zeit. Er sei ein vielbeschäftigter, wichtiger Mann im Betrieb.

»Herr Sudof, Karsten Stein sagte uns, dass er mit Ihnen an dem Abend, als Sina ermordet wurde, von 20 bis 23 Uhr in einer Gaststätte in Ihrer Nähe war. Er hatte zu viel getrunken und bei Ihnen übernachtet. Wir haben Sie schon einmal dahingehend befragt. Bleiben Sie bei der Aussage?«, fragt Hendrik. »Ja, so war es. Der Wirt wird es Ihnen sicher bestätigt haben.«

»Das ist bereits überprüft worden. Er kann nicht genau sagen, wie lange Sie da waren. Auch nicht, ob Sie oder Herr Stein zwischendurch weg waren«, erklärt Hendrik.

Sie sieht, dass Heinz Sudof nervös wirkt.

Wieder hat sie den Eindruck, dass er etwas verschweigt. Er kann sie nicht direkt anschauen.

»Ich kann Ihnen nur die Aussage von Karsten bestätigen. Ich habe auch keinen Grund, ihm ein Alibi zu geben, falls Sie das vermuten«, sagt er betont und etwas zu laut.

»Wissen Sie, dass Karsten Sina gestalkt hat? Wie war Ihr Verhältnis zu Sina Klein? Haben Sie sie gut gekannt?«, fragt Anne.

»Dass Sina von Karsten gestalkt wurde, ist mir nicht bekannt. Natürlich habe ich Sina gekannt, sie ist die Tochter vom Chef und arbeitete in der Firma. Schließlich habe ich sie dort täglich gesehen, wir sind Kollegen gewesen.

Ich hatte aber keinen persönlichen Kontakt zu ihr. Nur den üblichen Kontakt zwischen Kollegen. Ich fand sie sehr hübsch. Sie war immer freundlich, gut gelaunt, aufgeschlossen und bei den Kollegen beliebt«, gibt er an.

Anne macht sich Notizen und beschließt, vorerst keine Fragen mehr zu stellen. Sie ist sicher, dass Heinz Sudof nicht die Wahrheit sagt, zumindest nicht die ganze Wahrheit.

»Sie können jetzt gehen, wir behalten uns vor, Sie noch einmal zu befragen, wenn wir Neues erfahren. Dass Sie sich bei Falschaussagen strafbar machen, wissen Sie sicher«, verabschiedet Anne Herrn Sudof und steht auf.

Heinz Sudof geht zur Tür und sieht sich noch

einmal um, als wollte er doch noch etwas sagen. Er bleibt kurz stehen, geht dann aber hinaus.

Anne sagt zu Hendrik: »Er lügt, da bin ich sicher. Aber warum? Dass er einen Mörder schützt, muss ihm doch klar sein. Wir brauchen mehr Informationen über beide.«

Die Sonderkommission setzt sich am Freitagabend zusammen und alle Erkenntnisse werden durchgesprochen. Durch Marks Aussage und den Mord an Frau König ist es sicher, dass Sina nicht aus Eifersucht getötet wurde. Ein Zusammenhang mit der Firma Klein zeichnet sich ab, jedoch gib es auch hier bisher keine Hinweise auf ein Motiv für beide Morde.

Anne steht vor der Tafel, an der die Fotos von Sina, Frau König, Karsten Stein, Heinz Sudof und Herrn Sudof Senior angebracht sind.

Anne zeigt auf die Fotos und meint: »Wir haben hier Sina und Frau König. Für den Mord an Sina haben wir als Verdächtige Karsten Stein und Herrn Sudof Senior. Beide haben Alibis, die noch nicht ganz sicher bestätigt sind.

Für den Mord an Frau König haben wir Herrn Sudof Senior als möglichen Täter. Ob Karsten Stein für den Mord an Frau König als Täter in Frage kommt, muss noch genauer untersucht werden. Für diesen Verdacht haben wir keinen Hinweis auf ein Motiv.«

Sie stockt und scheint das Gesagte zu überdenken.

Dann fährt sie fort: »Herr Sudof Senior war an dem Samstagabend bei seiner Schwester in Bad Homburg. Dass er sich auf ihrer Geburtstagsfeier für eine Stunde entfernte, kann nicht ausgeschlossen werden. Zu der Wohnung von Frau König und zurück hätte er für den Hin- und Rückweg nicht länger als eine Stunde gebraucht. Es ist zumindest denkbar, dass seine Abwesenheit unbemerkt geblieben sein könnte.

Dass Sina zufällig seine Auseinandersetzung mit Frau König mitbekommen hat, könnte sein Motiv für den Mord an Sina sein. Er hatte große Bedenken, wie Herr Klein auf sein Verhältnis mit Frau König reagieren würde.

Auf keinen Fall wollte er, dass das Verhältnis bekannt wird.

Sina und Frau König haben bei ihrer Arbeit in der Firma viel mit Lisa zu tun gehabt. Wenn Lisa Kenntnis davon hat, was bereits Sina und Frau König zum Verhängnis geworden ist, ist sie in Gefahr, das nächste Opfer zu werden. Ich werde für sie Personenschutz anordnen«, sagt Anne und wendet sich den Kollegen zu.

»Mit den bisherigen Ergebnissen unserer Befragungen haben wir noch keine verlässlichen Beweise.

Wir können heute nichts mehr erreichen.

Hoffentlich gibt es bald neue Erkenntnisse.« Anne verabschiedet die Soko und fährt nach Hause.

Sie hat es eilig, sie will sich für den Abend schick machen. Sie und Max wollten ursprünglich mit Kerstin und Robert eine Aufführung der Zauberflöte in der Alten Oper in Frankfurt besuchen. Sie haben schon lange Theaterkarten für die heutige Aufführung. Anne und Kerstin sind große Liebhaberinnen von Mozartopern, sie versäumen selten eine Inszenierung an der Alten Oper.

Weil Kerstin noch nicht in der Lage ist auszugehen, wird Gerrit mit seiner Frau mit ihnen kommen.

Anne hat ein langes schwarzes Kleid angezogen. Ihr Haar hat sie zu einer Hochfrisur aufgesteckt. Sie hat sich sorgfältig geschminkt und ist mit dem Ergebnis zufrieden. Als Max Anne sieht, pfeift er zu Annes Belustigung anerkennend kurz durch die Zähne.

Sie fahren zeitig ins Theater, damit sie Zeit haben, vorher noch etwas zu trinken und Freunde, mit denen sie sich noch verabredet haben, zu begrüßen.

Die Aufführung haben alle genossen und sie gehen anschließend in eine Bar. Sie trinken Wein

und besprechen ihr Vorhaben für das Wochenende. Auf dem Hofgut werden sie sich treffen.

Zu Hause angekommen will Anne gar nicht
ins Bett. »Max komm, wir trinken noch ein Gläs-
chen Wein«, schlägt sie vor.

Max holt eine Flasche Wein und gießt beiden
ein Glas ein. Sie setzen sich an den Tisch und
Anne zündet noch eine Kerze an. »Es war ein
schöner Abend. Es war schön, dass Gerrit und
Susanne mitgekommen sind, sie haben den
Abend genossen.«

Sie trinken ihren Wein aus. Jetzt sind sie müde
genug, um schlafen zu gehen.

Das kommende Wochenende hat Anne frei und
freut sich auf einen Ausflug nach Darmstadt. Sie
sind dort mit Kerstin und Robert für den Nachmittag verabredet. Hendrik hat auch vor zu kommen. Sie werden ausreiten und abends wird sich
die Familie zusammensetzen.

Linda wird mit Linn in ihrer Wohnung bleiben,
um alles vorzubereiten, wenn die Umzugsfirma
ihre Möbel anliefert. Linda lässt nur wenige
Möbel aus Hamburg kommen, die Wohnung
oben ist soweit eingerichtet.

Linda hat sie schon vorher bei ihren Besuchen in Frankfurt oft bewohnt, so dass sie
nur besondere Möbel aus Hamburg mitbringt.
Für Linn wurde ein neues Kinderzimmer ein-

gerichtet. Linda hat für sie bereits einen Platz in einer Betreuungsgruppe bekommen. Für die Zeit, wenn sie Linn beruflich nicht rechtzeitig abholen kann, und für die anschließende Betreuung zu Hause, hat sie eine ehemalige ältere Erzieherin angestellt. Es ist dieselbe Erzieherin, die auch Linda schon betreut hat, als Anne beruflich stark engagiert war. Linda liebt sie, sie haben sich gut verstanden und haben auch, als Linda erwachsen wurde, immer Kontakt gehabt. Sie wohnt in der Nachbarschaft. Da sie bereits pensioniert ist, hat sie viel Zeit und freut sich, dass sie wieder ein kleines Kind betreuen kann.

Am Samstag genießen Anne und Max die Ruhe beim Frühstück. Sie lassen sich Zeit und unterhalten sich über Lindas Pläne. Anne steht auf, als das Telefon klingelt, und hebt ab. Sie sieht, dass es die Nummer von Hendrik ist.

»Guten Morgen, Hendrik, willst du mit uns nach Darmstadt kommen?«, fragt sie gleich.

»Anne, deshalb rufe ich nicht an. Ich habe leider eine schlechte Nachricht für dich.«

Anne merkt, dass er aufgeregt ist und kaum weitersprechen kann. »Oh Gott!«, denkt Anne, was ist schon wieder passiert?

»Kerstin ist an einem Fußgängerüberweg von einem Auto angefahren worden. Die Polizei hat mich angerufen, weil die Kollegen wissen, dass wir befreundet sind. Kerstin ist auf dem Weg in das Unfallkrankenhaus, sie hat schwere Verletzungen«, berichtet Hendrik.

»Der Fahrer hat Fahrerflucht begangen, es gibt keine Zeugen, es war so früh, sonst noch niemand auf der Straße unterwegs. Bitte komm ins Unfallkrankenhaus, ich werde dort auf dich warten. Alles Weitere erfahren wir dann.«

Hendrik legt auf und Anne hält das Telefon noch in der Hand. Max hat gemerkt, dass Anne während des Telefonats blass geworden ist und anfängt zu zittern. Er stellt sich hinter sie und hält sie fest. Er nimmt ihr das Telefon aus der Hand und Anne setzt sich schnell auf einen Stuhl. Sie wendet sich ihm zu.

»Max, das war Hendrik. Kerstin ist an einem Fußgängerüberweg angefahren worden und schwer verletzt. Hendrik wartet auf uns im Unfallkrankenhaus, dort werden wir erfahren, wie schwer die Verletzungen sind.«

Max besteht darauf, dass Anne sitzenbleibt. Er holt ihr eine Tasse Tee und eine Beruhigungstablette. Anne bleibt sitzen, trinkt den Tee und wartet. Max geht nach oben, um Linda Bescheid zu sagen. Er bittet sie zu warten, bis er mit Anne wieder zurück aus dem Krankenhaus ist. »Vater, ich kann es nicht fassen, dass schon wieder ein Unglück passiert ist«, sagt Linda.

Anne wartet ungeduldig, sie möchte so schnell wie möglich losfahren. Max ruft ein Taxi, das sie zum Krankenhaus fährt.

Während Max noch das Taxi bezahlt, ist Anne schon ausgestiegen und eilt auf Hendrik zu, der am Eingang wartet. Er empfängt sie mit einer Umarmung und erzählt: »Kerstin wird operiert, sie hat schwere innere Verletzungen. Robert ist schon da, wartet vor dem OP auf den Bericht der Ärzte.«

»Was ist genau passiert?«, fragt Anne.

»Kerstin war unterwegs, um frische Brötchen zu holen, wie sie es oft samstags macht. Sie wollten, bevor sie sich mit euch in Darmstadt treffen, gemütlich beim Frühstück über die letzten Tage sprechen.

Lisa wollte ursprünglich kommen und Brötchen mitbringen. Robert hat sie gebeten, erst später zu kommen, Kerstin würde selbst zum Bäcker gehen. Das macht sie sowieso fast jeden Samstag. Robert wollte mit Kerstin allein frühstücken. Dass er Lisa gebeten hat, erst später zu kommen, wird Lisa Kerstin bestimmt wieder vorwerfen. Sie wird gleich behaupten, dass Kerstin selbst schuld sei. Sie hätte Lisa die Brötchen holen lassen sollen. Dann wäre der Unfall gar nicht erst passiert.

Kerstin war auf dem Rückweg von der Bäckerei, als sie angefahren wurde«, erzählt Hendrik.

»Eine Nachbarin hat ein kurzes Bremsgeräusch und einen dumpfen Aufprall gehört. Sie hat aus dem Fenster geschaut und Kerstin liegen sehen. Sie hat sofort den Krankenwagen und die Polizei angerufen und ist nach unten geeilt. In der Ferne hat sie ein Auto wegfahren gesehen. Sie meinte, es könnte ein Pick-up gewesen sein. Das Nummernschild konnte sie auf die Entfernung nicht erkennen.

Die Polizei ist dabei, weitere Nachbarn zu befragen, hat aber bisher keinen Erfolg gehabt. Es ist Samstag, da sind so früh nur wenige Menschen unterwegs«, berichtet Hendrik weiter.

Sie fahren mit dem Aufzug zum OP-Bereich. Von Weitem sehen sie Robert, der zusammengesunken auf einem Stuhl wartet. Sie eilen zu ihm und Anne nimmt ihn in die Arme.

»Ach Anne, es ist ein Alptraum. Die Ärzte haben gesagt, dass sie schwere innere Verletzungen hat. Mehr können sie erst nach der OP sagen, sie dauert schon zwei Stunden. Ich habe Lisa Bescheid gesagt, sie kommt ebenfalls her.«

Lisa kommt gerade und wirft sich weinend ihrem Vater in die Arme. Anne muss sich wegdrehen, um sich zu beherrschen. Sie glaubt nicht an große Trauer von Lisa, hält ihr Verhalten für Theater. Gleichzeitig hat sie ein schlechtes Gewissen, dass sie so schlecht über Lisa denkt. Wahrscheinlich hat sie, so wie alle, einen großen Schreck bekommen, hält sie sich selbst vor Augen. Hendrik besorgt für alle etwas zu trinken und sie gehen in den Wartebereich, um auf den Bericht der Ärzte zu warten. Alle sind still und betrübt.

Nach unendlich langen drei Stunden kommt der Chefarzt zu ihnen und berichtet, dass Kerstin im Koma liegt. Die Verletzungen seien so schwer, dass er erst nach 24 Stunden sagen könne, ob Kerstin überleben werde. Er könne noch keine Prognose stellen. Sie liege auf der Intensivstation. Nur dem Ehemann wird erlaubt, sie kurz zu sehen.

»Kann ich mitkommen?«, meldet sich Lisa gleich.

»Nein, nur der Ehemann und ganz kurz«, bestimmt der Arzt.

»Sie können nach Hause fahren. Es hat keinen Sinn hier zu warten. Sollten Veränderungen eintreten, werden sie benachrichtigt«, teilt er mit und geht mit Robert zu der Intensivstation. Lisa verabschiedet sich, sie hat noch etwas vor. Hendrik, Anne und Max bleiben im Warteraum, bis Robert zurückkommt.

Er berichtet: »Kerstins Anblick hat mich erschüttert. Sie hat nicht nur innere Verletzungen, sie hat auch Kopfverletzungen. Teile des Gesichts sind blau unterlaufen, stark angeschwollen und blutverkrustet. Nach Sinas Tod nun die Angst, dass sie sterben könnte, ich kann es kaum aushalten«, sagt er leise und verzweifelt.

Alle versammeln sich um Robert und Anne bietet ihm an, zu ihnen nach Hause mitzukommen. Er soll nicht allein sein.

»Robert, Collin ist vielleicht schon unterwegs nach Hause. Er kommt doch bisher jedes Wochenende heim. Erst wenn er zu Hause sicher angekommen ist, wird er alles erfahren. Ich werde mich um ihn kümmern, ruhe du dich bitte aus, bis er kommt«, sagt Anne.

Sie nehmen den Rat des Arztes an und fahren nach Hause. Als sie ankommen, sieht Anne mit Erstaunen David vor dem Haus stehen, der ihr Zeichen gibt, dass sie zu ihm kommen solle.

Anne geht mit zur Haustür und sagt, dass sie etwas im Auto vergessen habe. Sie geht zurück zu David.

»Woher weiß er, wo ich wohne?«, denkt sie verwundert.

David sieht sich um, um sich zu vergewissern, dass sonst niemand in der Nähe ist.

»Frau Hofer, das war kein Unfall, das war ein gezielter Anschlag auf Ihre Schwester«, sagt er.

»Wie kommen Sie auf so etwas, das kann nicht wahr sein«, regt sie sich auf.

»Lassen Sie die Autos der Firma Klein überprüfen. Sie können es als intuitive Eingebung begründen, aber tun Sie es. Bitte glauben Sie mir!«, sagt David eindringlich.

Anne möchte auf der Straße keine Diskussion führen.

»Gut, ich werde auf Sie hören und veranlasse das sofort. Können Sie später zu mir kommen?«, fragt sie.

»Nein, ich werde auf dem Friedhof auf Sie warten, bis Sie mir berichten. Es soll niemand mitbekommen, dass Sie einen Tipp bekommen haben«, sagt David, dreht sich um und geht weg.

Anne geht langsam und nachdenklich zurück zum Haus.

Linda kommt Anne entgegen und fragt: »Wer war das? Der Mann kommt mir bekannt vor.«

»Nicht so wichtig, ich habe ihn auf dem Friedhof gesehen«, winkt Anne ab.

»Stimmt, da muss ich ihn auch gesehen haben«, sagt Linda.

Max und Hendrik sitzen im Wohnzimmer bei einer Tasse Kaffee und warten auf Anne und Linda. Collin ist eben angekommen, er sitzt neben Robert auf der Couch.

Anne bittet Hendrik, sich mit ihr ins Esszimmer zurückzuziehen.

»Hendrik, mir geht der Gedanke nicht aus dem Kopf, dass die Nachbarin gesagt hat, dass das Auto ein Pick-up war. Es müssen sofort alle

Fahrzeuge der Firma Klein überprüft werden«, sagt sie.

»Ich fahre selbst gleich dorthin. Ich verlasse mich auf deine Intuition. Sie ist oft verwunderlich, aber auch zutreffend«, meint Hendrik, holt seine Autoschlüssel und geht.

Auf die Fragen, wohin Hendrik so eilig fahre, antwortet Anne, dass ihm etwas Wichtiges eingefallen sei, was er sofort erledigen müsse.

Hendrik ruft unterwegs Kollegen von der Spurensicherung an und bestellt sie in die Firma Klein. Als er an Lisas Haus vorbeikommt, sieht er, dass dort die Wagen von Heinz Sudof und Karsten Stein stehen.

»Das war es also, was sie vorhatte«, denkt er.

Auf dem Hof der Firma Klein, auf dem alle Wagen am Samstag gesäubert werden, kommt er dazu, als zwei Pick-ups gerade gewaschen werden sollen.

Er stoppt die Arbeiter und wartet, bis die Kollegen ankommen. Schnell wird festgestellt, dass einer der Wagen Blutspuren und Lackschäden aufweist. Die Blutspuren werden zur Untersuchung geschickt und die Lackschäden dokumentiert. Weiter wird der Wagen nach Spuren untersucht, um festzustellen, wer den Wagen benutzte. Davon verspricht sich Hendrik nicht viel, es werden wohl eine Menge Spuren im Wagen

155

zu finden sein. Interessant wird es, sollten Spuren von Karsten Stein gefunden werden, denn er gehört nicht zu den Arbeitern, die die Wagen benutzen.

Hendrik erkundigt sich bei den Arbeitern, ob sie gesehen haben, wer das Auto heute früh benutzt hat.

Am Samstag ist immer viel los und die Schlüssel zu den Autos sind im Büro für jeden zugänglich. Ein Arbeiter sagt, dass er gesehen habe, dass der Pick-up aus dem Hof gefahren sei. Er habe das Auto nur von hinten gesehen und den Fahrer nicht erkennen können. Wann der Pick-up zurückgebracht worden sei, könne er nicht sagen.

Hendrik fährt zurück zu Anne und berichtet über die Ergebnisse der Untersuchung. Wenn die Blutspuren an dem Wagen Kerstin zugeordnet werden, ist es sicher, dass es ein geplanter Anschlag war. Damit wäre es eindeutig, dass die Morde und der Anschlag auf Kerstin mit der Firma Klein zu tun haben.

8. Kapitel

Das darf nicht wahr sein, der Idiot hat es vermasselt.
Ich kann nur hoffen, dass sie die Verletzungen nicht
überlebt. Es besteht die Hoffnung, dass sie doch noch
stirbt. Sonst muss ich warten, bis sie wieder zu Hause
ist. In die Firma wird sie so schnell nicht kommen.

Im Krankenhaus werde ich nicht an sie heran-
kommen. Ich muss es jetzt selbst zu Ende bringen.
Wenn sie überlebt, habe ich ein Problem mit Karsten. Falls sie ihn verdächtigen, wird er auspacken,
denn er ist schwach.

Nur, wie werde ich ihn los? So dumm ist er nicht,
dass er nicht daraufkommt, dass er mir gefährlich
werden kann. Noch ahnt niemand, dass er etwas mit
dem Anschlag auf Kerstin zu tun hat.

Als ich ihn heute gesprochen habe, hat er sich ganz
cool gegeben. Das wird sich schnell ändern, wenn
er verdächtigt wird. Werde ihm noch heute das ver-
sprochene Geld geben, damit er erst einmal stillhält.

Anne ist irgendwie auf die Idee gekommen, dass es
kein Unfall war, und lässt die Firmenwagen untersuchen. Dann wird es eng. Ich muss mich schnellstens um Karsten kümmern, alles andere mache ich
dann selbst.

Jetzt aber ruhig Blut und gut planen, was zu tun ist.

Am Sonntag fährt Anne mit Max, Robert und Collin ins Krankenhaus. Sie bittet den Arzt, ihr einen kurzen Besuch bei ihrer Schwester zu erlauben. Als sie zurückkommen, setzen sie sich in den Warteraum. Robert kann sich kaum noch auf den Beinen halten. Der Arzt sieht, dass es Robert sehr schlecht geht. Er ist blass, hat dunkle Ringe unter den Augen und zittert. Er rät ihm, ein Schlafmittel zu nehmen und sich zu entspannen. Roberts Vorhaben, bei Kerstin zu wachen, lehnt er ab. In den nächsten Tagen werde Kerstin im künstlichen Koma gehalten, sagt der Arzt, damit die Verletzungen heilen können. Wenn es eine Veränderung gebe, werde er sofort benachrichtigt.

»Robert, ich weiß, dass du am liebsten hier bei Kerstin bleiben willst«, redet Anne auf ihn ein. »Bitte komm mit uns nach Hause. Hör auf den Rat des Arztes und ruhe dich aus. Du brauchst in der nächsten Zeit Kraft und Durchhaltevermögen. Ich sehe doch, dass du völlig am Ende bist.«

»Gut, Anne, ich sehe ein, dass ich mich ausruhen muss. Es wird nur mit Beruhigungsmitteln gehen, ich habe schon seit gestern nicht geschlafen. Ich komme jetzt mit, kümmere dich bitte um Collin«, sagt er und zieht seine Jacke an. Max hat ein Taxi bestellt und sie fahren zusammen nach Hause.

Zu Hause angekommen befolgt Robert endlich den Rat des Arztes. Er nimmt eine Tablette, trinkt ein großes Glas Wasser und legt sich schlafen.

Der Rest der Familie setzt sich bei Anne im Esszimmer zusammen. Es herrscht eine sehr gedrückte Stimmung am Tisch.

Nach dem Essen setzt sich Collin mit Linda zusammen. Sie hält ihn im Arm und spricht mit ihm. Hendrik setzt sich zu ihnen. Zu Annes Überraschung wird es von Linda geduldet. Sie wirft Hendrik sogar ein kleines Lächeln zu.

»Etwas hat sich geändert«, denkt Anne. »Wollen wir spazieren gehen? Draußen ist es warm, es wird uns allen guttun«, schlägt sie vor.

Der Vorschlag wird gern angenommen und sie fahren zum nahegelegenen Wald.

Anne, Max und Collin nehmen die kleine Linn in ihre Mitte. Hendrik und Linda laufen ein Stück entfernt hinter ihnen. Anne beobachtet, dass Hendrik Lindas Hand hält, und wundert sich, dass sie es zulässt.

»Ich weiß, dass es Zeit ist, dass wir miteinander reden«, sagt Linda zu Hendrik. »Ich muss, wenn wir nach Hause kommen, noch einmal weg, habe eine Verabredung. Danach würde ich gerne zu dir kommen, so gegen 20 Uhr?«, schlägt sie vor.

»Ich würde mich sehr freuen, es ist wirklich Zeit für eine Aussprache«, sagt Hendrik erleichtert.

»Ich mache uns etwas Leichtes zu essen. Du weißt sicher, dass ich seit Kurzem nicht mehr bei meinen Eltern wohne. Ich gebe dir die Adresse«, sagt Hendrik und gibt ihr seine Visitenkarte. Sie schweigen dann und schließen sich den anderen an.

Linn läuft auf Hendrik zu, er hebt sie hoch. Sie schlingt ihre Ärmchen um seinen Hals und verteilt Küsschen auf seinen Wangen, bis Hendrik lacht. Linda sieht zu und Anne beobachtet, dass sie Tränen in den Augen hat.

Der Spaziergang im Wald, die frische, würzige Luft, hat allen gutgetan. Zu Hause macht Max Kaffee, sie sitzen entspannt zusammen.

»Mutter, kann Linn heute bei dir schlafen? Ich habe noch etwas vor und weiß noch nicht, wann ich nach Hause komme.«

»Gerne, Linda, da wird sich Linn freuen, wenn sie bei Oma schlafen darf«, freut sich Anne. »Darf ich fragen, was du vorhast?«

»Ich habe heute beim Einkaufen Doris getroffen. Wir haben uns, seit ich nach Hamburg umgezogen bin, nicht mehr gesehen. Wir haben ausgemacht, dass ich später zu ihr komme. Ich will mit ihr etwas Wichtiges besprechen. Ohne Zeitdruck, nach Hause zu müssen.« Anne merkt, dass Linda nervös ist. Sie hat sich abseits auf die Couch gesetzt, hat eine Tasse Kaffee mitgenommen und rührt gedankenverloren unnötig lange in der Tasse.

Als sie von Max angesprochen wird, erschrickt sie regelrecht. »Linda, willst du dich noch mit Collin zusammensetzen?«, fragt er. »Nein, Vater, jetzt nicht. Ich habe schon mit Mutter gesprochen, dass ich noch wegwill.« Sie verabschiedet sich und geht zu ihrem Wagen.

Sie fährt zu Doris, einer Krankenschwester, die sie seit einem Krankenhausaufenthalt von Hendrik kennt. Sie haben sich angefreundet und Linda, Hendrik und Doris haben viel miteinander unternommen. Linda hat, seit sie nach Hamburg gezogen ist und geheiratet hat, keinen Kontakt mehr mit Doris gehabt. Doris' Versuche, ein Treffen zu vereinbaren, hat sie ignoriert, bis Doris irgendwann aufgegeben hat.

Doris arbeitet immer noch als Krankenschwester, und von Anne weiß Linda seit Kurzem, dass Doris mit einem Kollegen aus dem Krankenhaus verheiratet ist und eine Tochter hat.

Sie kommt vor dem Haus an, in dem Doris seit ihrer Heirat wohnt. Im Garten sitzt Doris bei einer Tasse Tee und hält auf dem Schoß ihre kleine Tochter.

Linda geht zögernd auf sie zu. »Guten Tag, Doris, danke, dass ich gleich zu dir kommen konnte«, sagt sie leise.

»Alles gut, komm setz dich zu uns. Ich habe Tee gekocht und ein Stück Kuchen für uns vorbereitet«, sagt Doris mit einem Lächeln.

Linda setzt sich ihr gegenüber. Doris gießt ihr eine Tasse Tee ein und sieht Linda in die Augen.

»Was hast du auf dem Herzen, dass du nach so vielen Jahren doch wieder Kontakt suchst?«, fragt sie.

»Ach, Doris, es tut mir so leid, dass ich in den letzten Jahren deine Kontaktversuche abgeblockt habe. Ich hatte erfahren, dass du Hendrik heiraten wolltest, und konnte es dir nicht verzeihen. Es kam mir wie ein Verrat vor, dass ich es nicht von dir oder Hendrik erfahren habe«, sagt Linda.

Doris ist entsetzt. »Wie kommst du auf die Idee, dass ich Hendrik heiraten wollte? So ein Unsinn, wir waren immer nur Freunde. Du warst doch immer dabei.

Du kennst doch auch meinen Mann, wir waren schon damals zusammen. Wer hat dir erzählt, dass ich ausgerechnet Hendrik heiraten will?«, fragt sie verwundert.

Linda sitzt da wie versteinert und sucht nach Worten.

»Es ist mir heute plötzlich unverständlich, dass ich das geglaubt habe. Dass ich weder mit dir noch mit Hendrik gesprochen habe. Eigentlich bin ich damals nur abgehauen und habe mich in Selbstmittleid vergraben. So sehe ich das jetzt. Durch mein Verhalten habe ich dich, Hendrik und auch Sven, meinen Mann, verletzt.

Sven ist vor einem Jahr tödlich verunglückt. Ich werde jetzt wieder zurück nach Frankfurt kommen und hier arbeiten. Deshalb ist es notwendig, dass ich unbedingt Klarheit schaffe.

Ich habe mir in der letzten Zeit Gedanken gemacht. Ich habe meine Mutter gefragt, warum du Hendrik nicht geheiratet hast. Sie war ganz erstaunt, sie wusste nichts davon, dass ihr das vorgehabt habt.«

Linda bückt sich und hebt eine Rassel auf, die Doris' Tochter auf den Boden hat fallen lassen. Sie lächelt der Kleinen zu und streichelt ihr liebevoll über die Wange. Sie trinkt ihren Tee aus und erzählt dann weiter.

»Dabei hatte Lisa, die es mir damals gesagt hat, behauptet, dass sie bereits zu der Hochzeit eingeladen sei. Sie war sehr überzeugend. Dass es eine von ihren Lügen wäre, daran dachte ich nicht, obwohl ich sie doch kenne«, seufzt sie.

»Aber Linda, warum hast du nicht mit uns gesprochen?«, wundert sich Doris.

»Ich schäme mich so, dass ich mich so dumm

und stur verhalten habe. Mit der Zeit wurde ich immer verbohrter und bin vor allem Hendrik aus dem Weg gegangen. Manchmal habe ich ihn für seinen ›Verrat‹, so habe ich es mir eingeredet, regelrecht gehasst. Ich bin mit ihm später verabredet, jetzt habe ich Angst, zu ihm zu gehen«, sagt Linda mit Tränen in den Augen.

»Das wäre wieder ein Fehler, bitte geh zu ihm. Ich weiß, dass er dich liebt, immer nur dich geliebt hat. Er hat mir öfter sein Herz ausgeschüttet. Wir konnten uns beide nicht erklären, warum du dich so verändert hast. Hendrik hatte keine Vorstellung, warum du dich so verhalten hast. Liebst du ihn noch?«, fragt Doris.

»Ach, Doris, ich liebe ihn doch, ich habe immer nur ihn geliebt. Ich habe schrecklich gelitten, weil ich mir eingeredet hatte, dass er mich verraten hat. Glaubst du, dass er mir verzeihen kann? Vielleicht nicht gleich, aber mit der Zeit?«, fragt Linda zaghaft.

Doris legt eine Hand auf Lindas Arm und versichert ihr: »Ich bin sicher, er wird nur glücklich sein und dir alles verzeihen, wenn du ihm sagst, dass du ihn liebst.«

»Kannst du mir auch verzeihen? Es tut mir so leid«, bittet Linda.

»Alles ist gut. Dass du diesen Unsinn mit unserer Heirat ausgerechnet Lisa geglaubt hast, ist schon fast unglaublich. Du kennst sie doch, sie stiftet gern in den Familien Unfrieden.« »Warum ich so darauf reingefallen bin? Ich glaube, entscheidend war, dass sie behauptete, dass sie schon eingeladen wurde.«

»Linda, dann hättest du doch mitbekommen, dass gar keine Hochzeit stattfand.«

»Ich war so schockiert und unglücklich über diesen ›Verrat‹, dass ich mit niemandem sprechen wollte. Hendrik versuchte, mich zu erreichen. Er war bei meinen Eltern und sie haben ihm gesagt, dass ich nicht zu Hause wäre. Das musste mir meine Mutter versprechen. Sie dachte wohl, dass es einfach einen Streit gegeben hätte und wir uns wieder vertragen würden.«

Linda fällt es schwer, weiter zu erzählen. Doris sagt nichts und wartet, dass Linda weiterspricht.

»Ich habe noch abends meinen Freund Sven angerufen und mit ihm ausgemacht, dass ich zu ihm komme. Am nächsten Morgen bin ich nach Hamburg gefahren. Meine Eltern konnten mich nicht zurückhalten. Ich habe sie gebeten, nichts zu fragen und mich eine längere Zeit in Ruhe zu lassen. Ich bin einfach abgehauen. Ich war von Hendrik schwanger, umso schlimmer fand ich seinen ›Verrat‹«, seufzt sie.

»Es sind mittlerweile fast vier Jahre vergangen, eigentlich nicht zu verstehen, dass du immer noch nicht mit Hendrik gesprochen hast«, sagt Doris vorwurfsvoll.

Linda ist rot geworden und braucht eine Weile, bis sie antwortet.

»Tja, meine Mutter würde dazu sagen, dass mein Verhalten mit meiner sprichwörtlichen Sturheit zu erklären ist«, grinst Linda schuldbewusst.

»Ich werde jetzt doch zu Hendrik fahren. Wenn er mir verzeiht, kommen wir in den nächsten Tagen zu dir und werden über alles sprechen. Wir waren doch so gute Freunde.«

Doris gießt für beide noch einmal eine Tasse Tee ein und sie unterhalten sich über ihre Kinder. Linda kann sich noch nicht ganz entspannen und verabschiedet sich, um zu Hendrik zu fahren.

Hendrik hat einen gemischten Salat vorbereitet und wartet nun auf Linda. Er ist aufgeregt, kann es kaum erwarten, bis sie da ist.

Kurz nach 20 Uhr klingelt es. Er macht die Tür auf und bittet Linda herein. Er sieht, dass sie sehr aufgeregt ist und geweint hat. Als er ihr die Hand reicht, bricht sie in Tränen aus und weint verzweifelt.

»Was ist los Linda? Ist etwas passiert?«, fragt er erschrocken. »Komm erst einmal herein.«

Linda kommt herein, legt ihre Jacke ab und setzt sich auf einen Stuhl am Esstisch.

»Es ist nichts passiert. Ich habe mich nur fast nicht getraut, zu dir zu kommen. Was ich dir erzählen muss, wirst du mir nicht verzeihen können. Ich habe Angst«, weint sie.

»Also, so schlimm kann es nicht sein, beruhige dich.« Hendrik holt zwei Gläser und schenkt Wasser ein. Linda fängt an, leise zu erzählen.

»Ich war vorhin bei Doris und habe mich mit ihr ausgesprochen. Heute muss ich dir erzählen, was damals, als ich mit dir in der Eisdiele verabredet war, vorgefallen ist. Lisa ist da gewesen. Sie setzte sich zu mir an den Tisch und hat mich gefragt, ob ich schon eine Einladung zu deiner Hochzeit mit Doris hätte. Ich habe es nicht glauben wollen, aber Lisa hat gesagt, dass sie von Doris schon eingeladen wäre. Sie meinte, dass du und Doris doch schon lange befreundet wärt, es wäre Zeit, dass endlich geheiratet wird.

Dass es gelogen ist und eine von Lisas Intrigen sein könnte, der Gedanke ist mir gar nicht gekommen, ich war schockiert. Ich habe nicht angenommen, dass sie lügt, obwohl ich sie kenne. Sie tat so erfreut, dass sie zur Hochzeit eingeladen wurde.

Ich war nicht fähig, etwas zu sagen, und als du hereingekommen bist, konnte ich nur fliehen.

Dass Doris gerade vorbeikam, du mit ihr draußen gesprochen und sie umarmt hattest, das war für mich wie eine Bestätigung von dem, was ich gerade von Lisa erfahren hatte. Ich war schrecklich verletzt, und seit dem Tag wollte ich nicht mehr mit dir sprechen. An dem Tag unserer Verabredung wollte ich dir eigentlich sagen, dass ich schwanger bin. Linn ist deine Tochter, Hendrik.« Sie traut sich kaum, Hendrik anzusehen.

Hendrik sitzt da wie versteinert. Den Kopf nach unten geneigt, die Hände vor das Gesicht gelegt schweigt er. Nach einer Weile nimmt er die Hände vom Gesicht und sieht Linda an.

»Du kennst doch Lisa. Warum hast du ihr geglaubt? Wir kennen sie doch! Sie kann es nicht lassen zu lügen und Unfrieden zu stiften. Es geht immer um die Familien.

In der Firma wird sie gut gelitten, obwohl sie manchmal arrogant sein kann. Bei unseren Ermittlungen hilft sie uns. Sie bietet immer ihre Hilfe an, wenn wir mit Mitarbeitern sprechen wollen, macht sogar oft die Termine für die Besprechungen aus.«

Hendrik nimmt Lindas Hände in seine Hand. »So viel Leid, so viel vergeudete Zeit, so viel Hass. Ich kann nicht verstehen, dass du das wirklich glauben konntest. Wir kennen uns doch schon dein ganzes Leben lang, waren immer Freunde. Eine normale Reaktion wäre doch gewesen, dass du zu mir gekommen wärest und gefragt hättest, ob das überhaupt stimmt, und warum ich es dir nicht selbst gesagt habe«, meint er traurig.

»Ich habe dich geliebt und glaubte, dass auch du mich liebst. Deine Weigerung, mit mir zu sprechen, war so unverständlich. Ich bin nicht darauf gekommen, was ich so Schlimmes getan haben soll, dass du nicht einmal zu einer Aussprache bereit warst. Am Anfang war ich verärgert über deine Sturheit, dann nur noch traurig.« Er schaut Linda in die Augen. Sie sieht, wie erschüttert und traurig er ist.

»Linda, ich habe immer nur dich geliebt und liebe dich noch, trotz allem, was geschehen ist. Dass Linn meine Tochter ist, ist so wunderbar, dass ich dir alles verzeihen kann. Ich glaube dir, wie sehr dir das alles leidtut. Jetzt möchte ich nur wissen, ob du mich liebst.«

»Ach, Hendrik, ich habe dich doch schon immer geliebt. Durch mein Verhalten habe ich nicht nur dich verletzt. Ich habe meine Freundin vor den Kopf gestoßen und selbst viel gelitten«, sagt Linda schuldbewusst.

»Dann habe ich Hals über Kopf Sven geheiratet, weil ich schwanger war. Ihn zu heiraten, war eine für mich typische, voreilige Handlung, und dann konnte ich nicht mehr zurück.

Sven zu heiraten war auch eine Art Rache an dir, damit du siehst, dass du nicht so wichtig bist, wie du glaubst. Ich schäme mich dafür, aber damals war ich nicht in der Lage, anders zu denken. So habe ich mich in meiner Einbildung, im Recht zu sein, in eine aussichtslose Lage gebracht.

Sven war ein guter Mensch, ich habe ihn gerngehabt. Wir haben uns beim Studium kennen gelernt. Er hatte mir schon damals gesagt, dass er sich in mich verliebt hat.

Als ich zu ihm gekommen bin und von dir und der Schwangerschaft erzählte, hat er angeboten, mich zu heiraten. Er wusste, dass ich ihn nicht liebe. Er liebte mich und hat sich damit zufriedengegeben, dass ich bei ihm war. Ich hatte oft ein schlechtes Gewissen, dass ich ihn nicht lieben konnte, er war sehr gut zu mir. Wir hatten eine gute Zeit miteinander. Er hatte es verdient, geliebt zu werden.

Ich will jetzt wieder nach Frankfurt kommen und alle Verträge bei der Immobilienfirma auflösen. Als mich Sina in Hamburg besucht hat, hat sie mit Svens Partner besprochen, dass sie bei ihm mitarbeiten möchte, wenn ich aufhöre. Dazu ist es leider nicht mehr gekommen.

Ich bleibe hier in Frankfurt. Wir werden oft zusammen sein. Ich hoffe, dass du mir irgendwann verzeihen kannst. Es tut mir so leid«, sagt sie mit bittender Stimme und steht auf.

Hendrik steht auf, geht zu ihr und nimmt sie in die Arme.

»Linda, ich liebe dich. Lassen wir die Vergangenheit hinter uns. Wenn du mich liebst, ist alles gut. Tust du das?«, fragt er.

Linda legt die Arme um seinen Hals und flüstert: »Ja, ich liebe dich, ich liebe dich.«

Hendrik beugt sich zu ihr und küsst sie leidenschaftlich. Er zieht sie mit sich ins Schlafzimmer. Unterwegs entledigen sie sich in Eile der Kleidung und sinken umschlungen auf das Bett. Es wird eine Nacht voller Zärtlichkeiten und Leidenschaft, die alles Vergangene auslöscht.

Am nächsten Morgen hat Hendrik frische Brötchen geholt und sie frühstücken zusammen. Linda strahlt Hendrik an und sagt: »Mutter wird sich freuen, sie hat dich gern und hoffte schon früher, dass wir zwei heiraten und Kinder bekommen. Nun, eine Enkeltochter von uns beiden ist schon da. Es wird sie freuen, das zu erfahren. Sie wird sich wünschen, dass noch mehr dazu kommen. Was sagst du dazu?«, lächelt sie Hendrik an.

»Da müssen wir uns aber anstrengen, am besten, wir fangen gleich an. Wir haben schon genug Zeit sinnlos vergeudet!«, lacht Hendrik und zieht Linda wieder ins Schlafzimmer.

8. Kapitel

Später kommt Hendrik zu Anne ins Büro, um das weitere Vorgehen bei den Ermittlungen zu besprechen. Anne merkt gleich, dass Hendrik total verändert ist. Sie sieht, wie er strahlt, das Glück leuchtet förmlich aus seinen Augen.

»Hendrik, du siehst so glücklich aus. Habt ihr euch endlich ausgesprochen?«, fragt sie neugierig.

»Ja, Anne, Linda wird dir später alles erzählen. Es ist alles gut«, versichert er.

Sie gehen zusammen in den Konferenzraum, in dem sie bereits von der Sonderkommission erwartet werden.

Kommissar Roth berichtet, dass die Nachbarin auf dem Foto Karsten Stein, der oft vor dem Haus gestanden und Sina abgefangen hat, eindeutig identifiziert habe.

»Er kam ihr bekannt vor. Sie hat ihn, als er euch als Kind und Jugendlicher besucht hat, öfter gesehen. Er hat sich sehr verändert, deshalb erkannte sie ihn nicht.«

Anne gibt die Anweisung, Karsten abzuholen. Heinz Sudof soll ebenfalls abgeholt werden.

Er hat Karsten für die Mordnacht ein Alibi gegeben.

Anne wendet sich den Kollegen zu. »Es soll weiter in der Firma Klein ermittelt werden, denn für den Mord an Frau König fehlt immer noch das Motiv. Genauso für den Anschlag auf Kerstin.«

Anne berichtet, dass vor zwei Jahren zwei Arbeiter wegen Betrugs aus der Firma entlassen wurden. Falls in der Firma wieder etwas Illegales laufe und Frau König und Sina davon erfahren hätten, entschloss sich der Mörder, beide zu beseitigen.

Es könne sein, dass der Täter erfahren hat, dass auch Kerstin von den Vorgängen wusste und beschlossen hat, sie ebenfalls umzubringen. Das zu klären, sei jetzt die dringende Aufgabe.

»Wie gesagt, noch fehlt uns das Motiv für beide Morde sowie den Anschlag auf meine Schwester.

Allein für den Mord an Sina kommt bis jetzt nur Herr Stein in Frage. Beweise haben wir aber auch da keine. Es muss für alles ein gemeinsames Motiv geben. Ich gehe bisher davon aus, dass alles mit der Firma Klein zusammenhängen kann. Dort geht womöglich eine große Sache über die Bühne.

Lisa ist uns bei den Befragungen behilflich. Einzig, wenn wir Heinz Sudof sprechen wollen, ist sie bei der Terminvermittlung mit ihm zurückhaltend und möchte dabei sein. Es könnte sein, dass sie nicht sicher ist, ob ihr Heinz etwas verheimlicht.«

Anne überlegt kurz und schaut die Kollegen an.

»Ich werde für Lisa Personenschutz anordnen. Wenn der Mörder vermutet, dass sie auch etwas weiß, ist sie in Gefahr. Er wird annehmen, dass Sina und Frau König mit Kerstin, die noch gelegentlich in der Firma zu tun hat, über ihn gesprochen haben. Lisa ist ihm als Familienangehörige auch gefährlich, denn er wird davon ausgehen, dass die Frauen auch mit ihr gesprochen haben.«

Im Konferenzraum herrscht eine bedrückte Stimmung. Die Kollegen sind frustriert, dass es immer noch keine handfesten Ermittlungserfolge gibt.

Die Kollegen, die in der Firma Klein die Befragungen durchführen, haben berichtet, dass sie keine Hinweise auf illegale Beschäftigungen finden konnten. Ebenso konnte nicht festgestellt werden, dass Baumaterialien gestohlen wurden.

Dass die Blutspuren an dem Pick-up tatsächlich von Kerstin stammen, steht nun fest. In dem Pick-up sind viele Fingerabdrücke gefunden worden, unter anderem auch die von Karsten Stein. Die Kollegen der Soko werden verabschiedet und Anne und Hendrik gehen hi-

nüber ins Untersuchungszimmer, um Karsten
Stein zu befragen.

Karsten Stein sitzt schon bereit und wartet
ungeduldig. Er wirkt nervös. Hendrik übernimmt die Befragung, Anne beobachtet die Vernehmung am Bildschirm im Nebenraum.

»Karsten, du weißt, dass Frau Klein auf einem
Fußgängerüberweg überfahren wurde. Der
Fahrer hat Fahrerflucht begangen. Es steht fest,
dass der Wagen, der den Unfall verursacht hat,
der Firma Klein gehört. In dem Wagen wurden deine Fingerabdrücke festgestellt. Hast du
gestern Vormittag den Wagen gefahren?«, fragt
Hendrik.

»Wie kommst du darauf? Ich habe mich gestern Morgen mit Lisa und Heinz zum Frühstück
bei Lisa getroffen. Gegen 7:00 Uhr schon, wir
hatten anschließend etwas vor«, meint er. Er
rutscht auf seinem Stuhl hin und her und knetet
seine Hände nervös.

»Dass meine Fingerabdrücke im Wagen sind,
kann ich erklären. Ich leihe mir den Pick-up
öfter, wenn ich ein großes Paket abholen muss.
Gestern habe ich das Auto auf jeden Fall nicht
benutzt«, behauptet er.

»Ein Arbeiter hat dich auf dem Gelände gesehen. Was hast du dort gemacht?«

»Ich hatte im Büro auf dem Gelände am Tag

vorher das Handy vergessen. Das habe ich nur abgeholt.«

»Was hattest du dort zu tun? Du arbeitest doch in der IT-Abteilung.«

»Ich wollte mir einen Wagen für nächste Woche zum Transport leihen. Wollte dafür einen Termin ausmachen. Ich muss ein Möbelpaket abholen. Ich habe den Mann, der die Termine macht, nicht angetroffen und wollte später noch einmal kommen. Dabei habe ich dort mein Handy vergessen und es am Samstag früh abgeholt«, behauptet Karsten.

Hendrik gibt sich erst einmal mit der Erklärung zufrieden. Er betont, dass es noch weitere Untersuchungen geben werde und weitere Arbeiter gefragt werden, ob sie ihn gesehen haben, als er den Pick-up benutzt hat. Er entlässt Karsten und sagt ihm, dass er sich weiter zur Verfügung halten müsse und die Stadt nicht verlassen dürfe.

Hendrik geht hinüber zu Anne. »Er hat Angst und lügt, das ist offensichtlich. Wir müssen Lisa und Heinz fragen, wann Karsten gekommen ist. Sie waren zum Frühstück verabredet. Er behauptet, dass er schon um 7:00 Uhr bei Lisa war.«

»Hendrik, übernimm das bitte, wir treffen uns später noch einmal. Ich möchte jetzt gerne Sinas Grab besuchen. Komm dann bitte zu mir nach Hause«, verabschiedet sich Anne.

Anne zieht sich ihre Jacke über und fährt zum Friedhof. Schon von Weitem sieht sie, dass David wieder da ist und auf sie wartet.

Es ist sehr ruhig, weit und breit ist kein Friedhofsbesucher zu sehen. Auf Sinas Grab sind viele frische Blumen. Man merkt, dass das Grab häufig besucht wird.

Anne begrüßt David, setzt sich zu ihm auf die Bank und fragt: »Wie sind Sie darauf gekommen, dass der Unfall ein gezielter Anschlag auf Kerstin war? Ich war total schockiert, aber Sie hatten recht. Die Untersuchung eines Firmenwagens hat es bestätigt.«

»Ich sagte Ihnen bereits, dass ich viele Möglichkeiten habe, etwas in Erfahrung zu bringen. Die ganze Zeit vermutete ich, dass es private Zusammenhänge gibt, wie auch eventuelle Probleme in der Firma Klein. Ich habe meine Aufmerksamkeit von Anfang an auf beides gerichtet.

Es könnte sein, dass noch weitere Personen gefährdet sind, ich denke da vor allem an Lisa«, erklärt David.

»Ich nehme ernst, was Sie sagen. Deshalb habe ich beschlossen, Lisa zu schützen. Wenn sie etwas weiß, was den anderen zum Verhängnis wurde, ist sie in Gefahr. Auf jeden Fall danke ich Ihnen für den Hinweis, dass es ein gezielter Anschlag auf Kerstin war.«

»Wenn der Fall abgeschlossen ist, werde ich

Ihnen alles erklären. Jetzt ist es zu früh, würde Sie vielleicht auf eine falsche Spur lenken. Vertrauen Sie mir weiter«, bittet David.

Sie unterhalten sich noch eine Weile, Anne genießt die Ruhe und das schöne Wetter. Es ist sonnig und warm. David verabschiedet sich und sie sieht ihm nach, bis er hinter einer Hecke nicht mehr zu sehen ist.

Sie fährt noch einmal in ihr Büro und ordnet Personenschutz für Lisa an. Anschließend ruft sie Hendrik an.

»Hendrik, ich bin noch einmal ins Büro gefahren, habe noch etwas zu erledigen. Wir müssen uns noch einmal kurz mit der Soko zusammensetzen. Komm bitte her. Herr Roth hat die Soko schon benachrichtigt, sie kommen zurück. Wir sehen uns in einer Stunde.«

Im Anschluss erledigt sie noch Büroarbeiten. Das Telefon stört sie nach einer Weile in ihrer Konzentration. Anne hebt ab, sie sieht, dass Lisa anruft. An Lisas Stimme merkt sie, dass sie aufgebracht und wütend ist.

»Was ist los, Lisa? Warum rufst du an?«, fragt Anne ungeduldig.

»Was soll der Polizeiwagen vor meinem Haus? Werde ich beschattet?«, regt sich Lisa auf.

»Lisa, beruhige dich. Es ist zu deinem Schutz. Ich habe Personenschutz für dich angeordnet.

Wenn du Kenntnis davon hast, was bereits Sina, Frau König und Kerstin zum Verhängnis geworden ist, bist du in Gefahr, die Nächste zu sein. Das kann ich nicht zulassen«, erklärt sie eindringlich.

Lisa will sich nicht beruhigen. »So ein Unsinn, ich habe keine Angst! Ich kann selbst auf mich aufpassen! Ruf deine Spitzel wieder zurück, ich kann es nicht leiden, dass ich ständig beobachtet werde«, ereifert sie sich.

»Ob es dir passt oder nicht, ich werde meine Entscheidung, dich zu schützen, nicht zurücknehmen. Du musst dich damit abfinden«, sagt Anne entschieden und legt auf.

»Lisa kann es nicht leiden, wenn sie ›bevormundet‹ wird. So sieht sie wohl meine Sorge um sie. Nun, da muss sie durch.«

Die Sonderkommision hat sich wieder zusammengesetzt. Hendrik ist ebenfalls schon eingetroffen. Er berichtet, Lisa habe bestätigt, dass Karsten um 7:00 Uhr schon da war. Heinz sei erst gegen 7:30 gekommen. Heinz Sudof wird wegen des Anschlags auf Kerstin nicht verdächtigt. Es wurden keine Spuren von ihm in dem Pick-up gefunden. Er ist auch nie auf dem Firmengelände bei den Fahrzeugen gesehen worden.

Die Alibis sind noch einmal gründlich überprüft worden. Die von Heinz Sudof und Karsten Stein basieren nur auf gegenseitigen Aussagen. Es wurden keine Zeugen gefunden, die die Alibis bestätigen konnten.

Kommissar Roth kommt etwas verspätet und hat Neuigkeiten. »Eine Nachbarin, die wir bisher nicht erreicht haben, sagte, dass sie an dem Abend, als Frau König ermordet wurde, einen jungen Mann im Haus gesehen hat. Er ist an ihr regelrecht vorbeigestürzt. Sie kann nicht sagen, ob er aus der Wohnung von Frau König gekommen ist. Sie hat ihn vorher noch nie gesehen. Ich habe ihr das Foto von Karsten Stein gezeigt, sie ist sicher, dass das nicht dieser Mann war. Hendrik sagte mir, dass ich der Nachbarin auch das Foto von Heinz Sudof zeigen soll. Er wurde eindeutig identifiziert.«

»Das ist eine Überraschung!«, sagt Anne aufgeregt.

»Holen Sie Herrn Sudof ab, ich warte im Untersuchungsraum, bis Sie zurück sind. Herr Stein soll ebenfalls abgeholt werden«, ordnet sie an.

Die Kollegen der Soko verabschieden sich. Sie haben neue Anweisungen für die Befragungen bekommen. Anne und Hendrik warten auf Kommissar Roth, der mit einem Kollegen die Herren Sudof und Stein abholt.

Anne erhofft sich jetzt eine Wendung in den Ermittlungen.

»Ich bin sicher, dass wir endlich einen Fortschritt machen. Ich habe doch gemerkt, dass Herr Sudof etwas verschweigt. Auf sein Motiv bin ich gespannt.

Hendrik verdächtigte von Beginn an nicht nur Karsten Stein, sondern auch Heinz Sudof. Er hat Kommissar Roth zum Haus von Frau König geschickt, damit er unbedingt alle Bewohner noch einmal befragt. Dass er auch das Foto von Sudof zeigen soll, war seine Idee. Hendrik vermutete gleich einen Zusammenhang von privaten und geschäftlichen Interessen. Auf seine Intuition ist Verlass. Wieder bestätigt sich, warum er so erfolgreich in seiner Arbeit ist«, überlegt sie.

»Manche Kollegen unterstellen Hendrik, dass er seine Karriere mir verdanke. Sie wissen, dass wir beide uns gut kennen, dass meine und seine Familien befreundet sind. Es sind aber nur Kollegen, die nicht unmittelbar mit ihm arbeiten und neidisch auf seine Erfolge sind. In seinem nächsten Kollegenkreis wissen alle genau, dass er die Erfolge seiner Intelligenz und seiner akribischen Ermittlungsarbeit zu verdanken hat«, denkt Anne.

Sie erschrickt, als das Telefon klingelt, hebt ab und hört zu, was Kommissar Roth berichtet. »Ich bringe Heinz Sudof mit. Es dauerte so lange, weil er auf dem Weg nach Hause in einem Stau gestanden hat, wir mussten fast eine Stunde warten. Hanna Schneider hat die Abholung von Karsten Stein übernommen.«

»Bringen Sie Herrn Sudof in den Nebenraum, wir werden ihn gleich befragen. Kommissarin Schneider hat sich schon gemeldet. Sie bringt Karsten Stein mit.«

Anne geht in den Untersuchungsraum. Kommissar Roth ist mit Herrn Sudof auch gerade gekommen.

Anne setzt sich Heinz Sudof gegenüber und sieht ihn an. Er weicht ihrem Blick aus und Anne sagt: »Herr Sudof, Sie und Herr Stein bestätigen ihre Alibis nur gegenseitig. Keine Ihrer Aussagen konnte bisher von jemand anderem bestätigt werden. Ich selbst habe den Eindruck, dass Sie etwas verschweigen.

Es gibt eine neue Entwicklung. Ich werde Sie sonst wegen Beihilfe zum Mord anklagen. Wir haben eine Aussage, dass Sie an dem Abend, als Frau König ermordet wurde, im Haus gesehen wurden.«

Heinz Sudof ist sichtlich erschrocken. Er schweigt eine Weile und sagt dann, dass er weitere Aussagen nur im Beisein seines Anwalts machen werde.

»Herr Sudof, Sie bleiben über Nacht in Untersuchungshaft. Ihren Anwalt können Sie für morgen bestellen«, sagt Anne und steht auf. Sie ruft einen Beamten, der Heinz Sudof abführt.

Karsten Stein ist ebenfalls nicht bereit, Aussagen ohne Beisein seines Anwalts zu machen. Auch er wird über Nacht in der Untersuchungshaft bleiben müssen.

Anne fährt nach der kurzen Vernehmung ins Krankenhaus. Sie hat sich dort mit Linda und Robert verabredet.

Linda bekommt vom Arzt die Erlaubnis, ihre Tante kurz auf der Intensivstation zu besuchen. Anne bleibt mit Robert im Wartezimmer. Linda kommt nach einer Viertelstunde zu ihnen.

»Robert, hat Lisa die Erlaubnis, ihre Stiefmutter zu besuchen? Ich bin davon überzeugt, dass Patienten im Koma mitbekommen, was um sie herum geschieht. Es würde Kerstin nicht guttun, Lisa an ihrem Bett wahrzunehmen.«

»Nein, ich habe es nicht erlaubt. Ich weiß, dass ihr glaubt, dass ich nicht weiß, wie das Verhältnis Lisas zu Kerstin ist. Dass Lisa Kerstin oft schikanierte, habe ich aus Bequemlichkeit wohl verharmlost. Dachte, dass es normale Eifersucht auf die Stiefmutter wäre. Ich liebe Kerstin und es tut mir leid, dass ich zu viel Unrecht zugelassen habe«, sagt er traurig.

»Lisa ist halt meine Tochter, die ich auch liebe. Ich habe mich darauf verlassen, dass sie ihre Differenzen unter sich ausmachen. Auf keinen Fall werde ich zulassen, dass Lisa Kerstin besucht«, versichert er ernst.

Linda ist erleichtert. Eine befreundete Krankenschwester, die auf einer Intensivstation arbeitet, erzählte ihr Folgendes:

»Sie betreute eine im Koma liegende Patientin zusammen mit einem Pfleger. Bei der Versorgung der Patientin scherzten sie darüber, dass der Pfleger ihren Joghurt oft gegessen hat. Als die Patientin wach geworden ist und ihr Frühstück bekam, wollte sie ihren Joghurt der Krankenschwester geben. Sie meinte, weil ihr der Pfleger den Joghurt weggenommen hat, soll sie jetzt ihren nehmen.

Das konnte sie nur im Koma wahrgenommen haben«, meint Linda.

»Es gibt nur wenig Erfahrung damit, ob alle im Koma liegenden Patienten solche Wahrnehmungen machen. Es gibt verschiedene Arten von Koma und man weiß nicht, ob solche Erzählungen, wenn Patienten aus dem Koma erwachen, stimmen. Die Beeinflussung von starken Medikamenten und eventuell die Fantasie spielen hier ganz sicher eine Rolle.

Ich gehe davon aus, dass Kerstin Lisas Gegenwart spüren wird. Mein Gefühl sagt mir, dass wir lieber erst einmal verhindern, dass Lisa Kerstin besucht«, wendet sich Linda an Robert.

Eine Krankenschwester holt Robert ab, er soll zu einer Besprechung ins Arztzimmer kommen. Robert will, dass Anne und Linda ebenfalls mitkommen.

Der Arzt sagt ihnen, dass sich Kerstins Zustand stabilisiert habe. Er könne jetzt sagen, dass keine Gefahr mehr besteht, sie würde die Verletzungen nicht überleben. Sie bleibe vorerst im künstlichen Koma, damit sich ihr Körper erholen könne. Sie werde morgen von der Intensivstation in ein Einzelzimmer verlegt.

Der Arzt bespricht mit Robert noch weitere notwendige Behandlungen. Kerstin werde, wenn die inneren Verletzungen geheilt seien, weitere Operationen benötigen. Ein Bruch an der linken Hand sei nur vorsorglich behandelt worden. Es könne sein, dass eine Operation notwendig sein werde. Die Kopfverletzungen seien der MRT-Untersuchung nach nicht schwerwiegend. Genaues werde man erst wissen, wenn Kerstin aus dem Koma erwacht sei.

»Herr Klein, machen Sie sich nicht zu viele Sorgen, Ihre Frau wird wieder gesund. Es ist jetzt wichtig, dass Sie selbst gesund bleiben. Sie sehen nicht gut aus, sorgen Sie dafür, dass Sie sich in der nächsten Zeit erholen«, empfiehlt der Arzt.

»Wir werden darauf achten, dass er ihre Empfehlung ernst nimmt«, verspricht Anne.

Robert ist erleichtert, dass der Arzt jetzt sicher ist, dass Kerstin leben wird und keine Gefahr mehr für bleibende Schäden besteht. Er umarmt Anne und Linda und verspricht, dass er sich frei nimmt und Lisa seine Vertretung übergibt.

Jetzt wird es eng. Habe mich in der Klink umgesehen und erfahren, dass Kerstin tatsächlich überlebt. Sie wird sogar morgen schon von der Intensivstation in ein Einzelzimmer verlegt. Vor der Intensivstation hat bisher ein Beamter Wache gehalten. Ich nehme an, dass auch weiterhin ein Beamter vor ihrem Zimmer sitzen wird.

Ich kann einfach nicht zulassen, dass sie wach wird. Vielleicht hat sie gesehen, wer den Wagen gefahren hat. Dann ist die Verbindung zu mir schnell hergestellt. Ich muss eine Lösung finden, wie ich unbemerkt in ihr Zimmer gelangen kann. Ob der Beamte nachts auch mal kurz seinen Posten verlässt? Die Nachtschwester ist kein Problem. Die ist allein für zu viele Patienten zuständig, ist ständig unterwegs. Oder wenn ein neuer Patient eingeliefert wird und Hektik entsteht?

Ich merke, dass ich es nicht mehr lange aushalten kann. Ich habe Angst, dass alles schiefgeht. Hoffent-

lich mache ich vor lauter Eile keine Fehler. Ich muss hellwach und konzentriert sein. Es ist Zeit, dass alles zu Ende gebracht wird. Ich merke, ich halte die Anspannung nicht mehr lange aus.

Die Familie versammelt sich bei Max und Anne im Speisezimmer. Alle warten ungeduldig auf Roberts Bericht über Kerstins Zustand.

Die Stimmung bessert sich, als Robert berichtet, dass Kerstin morgen schon von der Intensivstation auf ein Einzelzimmer verlegt wird. Lebensgefahr besteht nach Auskunft des Arztes nicht mehr. Der Arzt sei sicher, Kerstin würde wieder ganz gesund.

Max verteilt Getränke und die Unterhaltung am Tisch wird lebhaft, die Erleichterung ist spürbar.

Nur Lisa hat sich abseits gesetzt, sie schmollt, ist immer noch wütend über den Personenschutz.

Sie ruft Anne zu sich und versucht, sie zu überzeugen, dass der Personenschutz unnötig sei, sie solle die Beamten abrufen. Anne lehnt weitere Diskussionen darüber ab, der Personenschutz bleibe. Lisa steht auf und verlässt wütend die Gesellschaft. Anne merkt, wie erleichtert alle sind, als Lisa gegangen ist. Später kommt noch Gerrit dazu und unterhält sich mit Linda über ihre Wohnung und ihre Praxis.

»Deine Praxis ist nur ein paar Schritte von meiner entfernt. Wir können uns oft sehen, das freut mich. Susanne und die Kinder freuen sich schon, dass du uns jetzt öfter auch zu Hause besuchst. Friedrichsdorf ist nur sieben Kilometer von Bad Homburg entfernt. Ich fahre oft zum Mittagessen nach Hause, da kannst du gern mitkommen«, bietet er an.

»Das werde ich bestimmt oft tun, ich habe euch in der letzten Zeit zu selten gesehen«, freut sich Linda.

Nachdem sich alle verabschiedet haben, räumen Max und Anne gemeinsam die Küche auf.

Linn ist auf der Couch im Wohnzimmer eingeschlafen. Linda kommt zu ihren Eltern in die Küche und erzählt ihnen, was sie mit ihrer Sturheit, so nennt sie es jetzt, angerichtet hat.

Dass da Lisa ihre Finger im Spiel hatte, verschweigt sie nicht. Sie weiß selbst, dass nicht Lisa, sondern sie selbst schuld ist, weil sie ihr glaubte. Beschämt gibt sie ihr Verhalten zu. Sie hatte damals nicht einmal versucht, mit Doris Kontakt aufzunehmen. Sie war mit Doris, wie auch mit Hendrik, sehr eng befreundet und hat trotzdem einfach die Lüge geglaubt, statt mit den beiden zu reden. Sie nahm einfach an, dass sie von beiden belogen und verraten wurde. Deshalb hat sie Doris genauso gemieden wie Hendrik.

Gestern hat sie sich mit Doris ausgesprochen, die ihr gehörig den Kopf gewaschen hat.

Anne denkt, dass Lindas Verhalten typisch für sie war. Sie verursachte schon früher durch ihren Eigensinn so manche Probleme. Die »Schuldigen« bestrafte sie dann durch die Verweigerung einer Aussprache.

Linda erzählt, dass sie anschließend mit Hendrik verabredet war, und dass sie sich nach der Aussprache mit Doris kaum traute, noch zu ihm zu fahren.

Es war Doris, die ihr zuredete und sicher war, dass Hendrik ihr verzeihen würde. Sie versicherte ihr zu wissen, dass Hendrik immer nur Linda liebte. Er hätte sie häufig besucht und ihr von seinem Kummer erzählt.

Linda schaffte endlich Klarheit und ist glücklich, dass ihr verziehen wurde.

Die Eltern freuen sich noch besonders, als Linda erzählt, dass Linn die Tochter von Hendrik ist.

»Das ist ja einfach wunderbar, dass Linn Hendriks Tochter ist. Er freut sich bestimmt riesig darüber. Ich hoffe, dass wir noch mehr Enkel bekommen«, lächelt Max zufrieden.

»Vater, da könnt ihr sicher sein. Wir wünschen uns noch mindestens zwei Kinder«, verspricht Linda.

Die Eltern sehen, wie erleichtert Linda ist, und geben weiter keinen Kommentar zu dem, was sie erzählt hat. Sie erscheint ihnen wie ausgewechselt, lächelt und kann gar nicht aufhören zu erzählen. Bevor sie mit Linn wieder hoch in ihre Wohnung geht, umarmt sie ihre Eltern und bedankt sich für ihr Verständnis.

Anne und Max machen anschließend einen Spaziergang und beschließen, den Rest des Tages einfach zu faulenzen. Die Aufregungen der letzten Zeit haben sie mitgenommen, sie brauchen eine Pause.

Nach dem Spaziergang setzen sie sich ins Wohnzimmer auf die Couch, um noch ein Glas Wein zu trinken. Max macht Feuer im Kamin. Es wird schnell warm. Gemütlich lassen sie den Tag ausklingen.

9. Kapitel

Am nächsten Tag werden Heinz Sudof und Karsten Stein aus der Untersuchungshaft geholt. Ihre Anwälte sind da.

Hendrik wird mit einem Kollegen Heinz Sudof verhören und Karsten Stein wird im Nebenraum von Kommissarin Schneider und Kommissar Roth verhört.

Anne beobachtet beide Vernehmungen über zwei Bildschirme im Nebenraum. Linda, die von Anne offiziell den Auftrag bekam, ein Profil des Mörders zu erstellen, setzt sich zu ihr, um bei den Verhören zuzuhören.

Das Ergebnis ihrer Analyse teilte ihr Linda gleich heute früh mit.

Sie ist zu dem Ergebnis gekommen, dass der Mörder ein Mann ist, der stark unter Druck steht. Er reagiert auf eine Situation, die bei ihm zu einer krankhaften Überzeugung führt, dass er eine Lösung seines Problems nur dadurch erreicht, indem er die Menschen, die sein Problem kennen, beseitigt.

Die kräftigen Schläge mit dem Mordwerkzeug könnte theoretisch auch eine beherzte Frau ausgeführt haben. Allerdings muss sie dann einen Helfer gehabt haben, denn um Sinas Leiche vom Parkplatz zu dem Fundort zu transportieren, dazu hätten Kräfte einer Frau nicht ausgereicht.

Hendrik setzt sich mit einem Kollegen Heinz Sudof und seinem Anwalt gegenüber.

»Herr Sudof, ich möchte Sie noch einmal nach dem Alibi, dass Sie Karsten Stein für den Abend, als Sina ermordet wurde, gegeben haben, befragen. Bleiben Sie bei der Aussage, oder wollen Sie noch etwas mitteilen?«, fragt er ernsthaft.

Heinz Sudof schweigt erst, Hendrik sieht ihm an, dass er mit sich kämpft. Er schaut zu seinem Anwalt und fängt an zu erzählen.

»Staatsanwältin Hofer hat mir gesagt, dass ich bei falscher Aussage wegen Mordes, oder Beihilfe zum Mord angeklagt werden kann.

Ich werde nun die Wahrheit sagen, denn mein Gewissen lässt mich nicht mehr ruhig schlafen.

Für den Abend, als Sina ermordet wurde, habe nicht ich Karsten ein Alibi gegeben, sondern im Gegenteil er mir.

Ich wurde von Sinas Mörderin gebeten, ihr zu helfen, die Leiche zu beseitigen. Sie hat Sina ermordet und musste sie aus ihrer Wohnung wegschaffen. Sie bestellte mich in ihre Wohnung, es wäre sehr wichtig. Ich bin zu ihr gefahren. Es war schrecklich, Sina tot im Flur zu sehen. Ich mochte Sina und konnte es nicht fassen, diese junge, schöne Frau im Flur in ihrem Blut zu sehen.

Erst habe ich mich geweigert, der Mörderin zu helfen. Sie bettelte so lange, bis sie mich überreden konnte. Wir sind schon seit unserer Kindheit befreundet«, erzählt Heinz Sudof und bittet um ein Glas Wasser.

Er trinkt und schweigt kurz, bevor er weiterredet. »Wir haben Sinas Leiche ins Auto getragen und sind zu dem Parkplatz am Mainufer gefahren. Bis zu der Mulde, wo wir sie abgelegt haben, ist es ziemlich weit. Das hätte die Mörderin allein nicht geschafft. Die Mulde kannten wir von unseren Spaziergängen.

Sie ermordete auch Frau König und wollte wieder, dass ich ihr bei der Beseitigung der Leiche helfe. Diesmal habe ich mich geweigert, wollte damit nichts zu tun haben. Sie versuchte, mich zu überzeugen, dass es Notwehr war. Frau König hätte sie bedroht, deshalb musste sie zuschlagen. Ihre Lüge war so offensichtlich, dass ich mich nur umgedreht und die Flucht ergriffen habe. So musste sie die Leiche in der Wohnung lassen, wo sie ja schon am nächsten Tag entdeckt wurde«, berichtet Heinz Sudof weiter.

»Ich bin auf der Treppe fast gestürzt, wollte nur noch weg. Da hat mich die Nachbarin wohl gesehen.«

»Sie sagen, dass Sina und Frau König von einer Frau ermordet wurden. Wer ist nun die Mörderin?«, will Hendrik jetzt wissen.

Heinz Sudof schweigt zunächst eine ganze Zeit und sagt dann bedrückt: »Die Mörderin ist Lisa. Sie hat die Morde geplant und ausgeführt. Sie ließ auch den Anschlag auf Kerstin von ihrem Bruder Karsten durchführen. Das weiß ich inzwischen, ich habe es erst später erfahren. Ich will damit nichts mehr zu tun haben. Lisa nicht mehr schützen, es ist grauenhaft, was sie da tut. Warum sie es macht, ihr Motiv, kenne ich nicht.«

Er ist so aufgewühlt, dass es ihm schwerfällt weiterzusprechen. Nach einer ganzen Weile fährt er fort.

»Ich liebe Lisa, wir kennen uns schon seit dem Kindergarten. Trotzdem wollte ich ihr das, was sie getan hat, nicht verzeihen und mich von ihr trennen.

Sie hat gedroht, sich das Leben zu nehmen, wenn ich sie verrate. Sie hätte schon dafür vorgesorgt. Das wollte ich nicht verantworten, deshalb habe ich so lange geschwiegen. Sie versicherte, dass ihr das alles leidtut, sie würde nie mehr so etwas tun. Immer wieder betonte sie, wie sehr sie mich liebt. In der letzten Zeit hat sie mich regelrecht verfolgt, mittlerweile denke ich, dass sie mich kontrollieren wollte.

Ich bin erleichtert, dass ich jetzt aussagen kann. Bevor sie noch mehr so entsetzliche Dinge tut, muss ich jetzt beichten und die Wahrheit sagen.«

Man merkt, wie geschockt er ist, er spricht leise und abgehackt, zwischendurch versagt seine Stimme.

Im Nebenraum erstarrt Anne vor Schreck, als Herr Sudof aussagt und Lisa als eiskalte Mörderin benennt. Hendrik springt auf und ruft fassungslos: »Was sagen Sie da? Das kann einfach nicht wahr sein! Lisa ist doch keine Mörderin!«

»Es ist so, glauben Sie mir. Fragen Sie Lisas Bruder. Er wird aussagen, wenn Sie Druck ausüben. Mit welchen Versprechungen sie Karsten dazu brachte, sie nicht zu verraten, weiß ich nicht. Vielleicht hatte sie vor, ihn zu beseitigen. Es ist möglich, dass sie das auch mit mir vorhat. Ich glaube, dass sie jegliche Kontrolle verloren hat.

Ob Karsten weiß, dass Lisa Frau König und Sina ermordet hat, weiß ich nicht«, betont er.

Anne sitzt im Nebenraum vor dem Bildschirm und kann nicht fassen, was sie da gerade gehört hat. Linda sitzt neben ihr und auch sie kann es nicht fassen. In dem zweiten Verhörraum hören sie noch einmal das Unfassbare.

Karsten Stein sitzt neben seinem Anwalt und weigert sich erst zu sprechen.

»Herr Stein, es hat keinen Sinn mehr zu schweigen. Haben Sie Sina ermordet und Herr Sudof hat Ihnen ein Alibi gegeben? Sie stehen unter Mordverdacht, das muss Ihnen klar sein«, betont Kommissarin Schneider eindringlich.

»Mir reicht es jetzt mit der Beschuldigung, ich habe mit der ganzen Sache nichts zu tun. Ich war an dem Abend von 20 bis circa 23 Uhr wirklich in der Gaststätte, und zwar die ganze Zeit. Wer zwischenzeitlich weg war, war Heinz. Also habe ich ihm und nicht er mir ein Alibi gegeben«, regt er sich auf.

»Wissen Sie, wo er war?«, fragt Kommissar Roth.

»Nein, das wusste ich nicht. Als er zurück war, hat er mich gebeten zu sagen, dass er die ganze Zeit bei mir war. Wir sind Freunde, also habe ich ihm den Gefallen getan. Ob er bei Sina war, weiß ich nicht, habe nicht gefragt. Ich kann nur vermuten, dass er Sina ermordet hat.«

»Wir haben einen Hinweis, dass Sie den Wagen gefahren haben, mit dem Frau Klein auf dem Fußgängerweg überfahren wurde. Wenn Frau Klein nicht überlebt, stehen Sie unter Mordverdacht. War das Ihre Idee, oder hat Sie jemand an-gestiftet?«, fragt Kommissar Roth eindringlich.

Karten Stein antwortet nicht gleich, er ist über den Verdacht erschrocken.

»Mir reicht es jetzt wirklich. Ich werde be-richten, was ich weiß. Ich sehe nicht ein, dass ich hier den Kopf hinhalten und als Schuldiger stehen soll.

Zu dem Anschlag auf Frau Klein hat mich Lisa angestiftet. Sie hat mir dafür 10.000 Euro angeboten und mir das Geld bereits gegeben. Für die Zeit, wenn sie mehr Macht in der Firma ihres Vaters bekommt, hat sie mir eine bessere Position versprochen. Sie ist meine Schwester, ich konnte nicht einfach ablehnen. Sie war sehr hartnäckig«, sagt er.

»Ob sie mit den Morden an Sina und Frau König etwas zu tun hat, weiß ich nicht. Da müs-sen Sie sie schon selbst fragen. Ich werde jetzt nichts mehr sagen«, sagt er, lehnt sich zurück und verschränkt die Arme vor der Brust. Kurz tauscht er einen Blick mit seinem Anwalt, der ihm zuzunicken scheint.

Anne und Linda sitzen vor den Bildschirmen und können nicht glauben, was sie da erfahren haben.

Anne ist blass geworden, sie sitzt da wie ver-steinert. »Mutter, ich hole schnell etwas zu trinken und frage in der Firma an, ob Lisa heute da ist«, sagt Linda und geht raus.

Anne hat in ihrer Aufregung nicht gemerkt, dass David eingetreten ist. Sie erschrickt, als er sie anspricht.

»Frau Hofer, bitte fahren Sie so schnell wie möglich zu Kerstin ins Krankenhaus. Lisa ist unterwegs, sie will Kerstin töten. Nehmen Sie sofort ein Taxi und drängeln Sie, dass Sie schnell ins Krankenhaus kommen. Ich habe eine andere Möglichkeit, bin vor Ihnen dort. Bitte glauben Sie mir und handeln sofort, sonst wird es zu spät sein«, drängelt er. Linda kommt zurück mit einem Glas Wasser und Anne trinkt schnell. »Ich habe in der Firma angerufen, Lisa ist nicht da. Ihre Sekretärin hat gesagt, dass sie Frau Klein im Krankenhaus besuchen will«, sagt sie.

»Linda, ich habe plötzlich ein ganz ungutes Gefühl, dass Kerstin in großer Gefahr ist. Wir müssen schnellstens ins Krankenhaus fahren«, sagt Anne aufgeregt.

Sie stehen auf, ziehen ihre Jacken an und laufen los. David hat, bevor Linda zurückgekommen ist, den Raum verlassen, er hat noch einmal zur Eile gedrängt.

Im Laufen telefoniert Linda und ruft ein Taxi. Sie ruft auch Hendrik an, er soll schnellstens in die Klinik kommen.

Vor der Unfallklinik bezahlt Anne das Taxi

und sie rennen schnell hinein. Sie nehmen die Treppe, wollen nicht warten, bis der Aufzug da ist. Anne hat den Polizisten, die ihnen im Streifenwagen zum Krankenhaus gefolgt sind, zugewunken, dass sie ihr folgen sollen.

Auf der Station angekommen, fragen sie an der Rezeption, in welchem Zimmer Kerstin jetzt liegt. Anne sieht David weiter hinten im Flur stehen, er winkt ihnen zu und drängelt zur Eile.

Die Schwester ist zuerst nicht bereit, ihnen Auskunft zu geben. Erst als Anne ihren Ausweis zeigt, nennt sie die Zimmernummer und sagt, dass eine neue Ärztin gerade zu Kerstin gegangen sei. Entsetzt sieht Anne Linda an und sie laufen los. Sie reißen die Tür zu Kerstins Zimmer auf und sehen, dass eine Ärztin gerade etwas in Kerstins Venenzugang spritzen will.

Linda reißt sie zurück und die Spritze fällt zu Boden. Jetzt sehen sie, dass die angebliche Ärztin tatsächlich Lisa ist. Sie fängt an zu schreien und gebärdet sich wie von Sinnen. Noch vor den Polizisten sind Hendrik und Bernd Roth da, und erst sie sind in der Lage, Lisa zu bändigen, und halten sie fest.

Lisa sieht schrecklich aus, schreit und versucht sich zu befreien. Endlich kommt der Stationsarzt. Sie berichten ihm, was vorgefallen ist und er gibt Lisa eine Beruhigungsspritze. Sie wird in einen Ruheraum gebracht. Kommissarin

Schneider, die mittlerweile auch da ist, wird bei ihr bleiben.

Wie viel Kerstin mitbekommen hat, kann der Arzt nicht sagen. Er überprüft, ob alles bei ihr in Ordnung ist, und bittet dann alle, das Zimmer zu verlassen. Wenn es Veränderungen gibt, wird er sie benachrichtigen. Eine Schwester kommt, setzt sich zu Kerstin ans Bett, nimmt behutsam ihre Hand und überprüft den Venenzugang.

Anne sieht, dass sich David bereits zurückgezogen hat. Sie ist total erschöpft, setzt sich vor Kerstins Zimmer auf einen Stuhl und sagt zu Hendrik: »Bitte bleib mit Kommissarin Schneider bei Lisa, bis sie wieder zu sich kommt. Bringt sie dann gleich ins Untersuchungsgefängnis.«

Linda und Anne fahren zurück und gehen in Annes Büro. Linda kocht einen starken Kaffee und sie bleiben erst einmal ruhig sitzen.

Es vergeht eine halbe Stunde, bis Anne sagt: »Linda, ich bin so schockiert, dass mir die Worte fehlen. Was ist denn nur passiert? Was hat Lisa zur Mörderin gemacht? Ich kann es nicht glauben, nicht fassen, es ist schrecklich. Für Robert wird es ein neuer, schwerer Schock sein. Ich weiß nicht, wie er das alles noch verkraften soll.«

Linda schweigt erst und meint dann: »Ich habe dir schon gesagt, dass mir aufgefallen ist, dass sich Lisa in der letzten Zeit sehr verändert hat.

Ich glaubte, dass es mit dem Tod ihrer Mutter zusammenhängen könnte. Euch ist es nicht so deutlich aufgefallen, weil ihr sie ständig seht. Sie war schon immer schwierig. Ich habe sie seit Sinas Beerdigung nur selten gesehen, deshalb ist mir aufgefallen, wie verändert sie wirkt. Ich hoffe, dass sie aussagen wird und wir erfahren, was sie zu den Morden getrieben hat.«

Das Telefon klingelt. Anne hebt ab und fragt: »Hallo Hendrik, bringt ihr Lisa jetzt mit? Sie ist noch benommen? Bring sie in die Untersuchungshaft. Ein Arzt soll sie sich noch einmal ansehen, dann kann sie erst einmal ausschlafen. Wir werden sie erst dann befragen, wenn es der Arzt erlaubt. Sie soll ständig überwacht werden.«

Sie legt auf und Linda wendet sich Anne zu. »Mutter, wir fahren nach Hause. Du bist völlig fertig. Ich mache dir einen Beruhigungstee und dann legst du dich mit einer Wärmflasche auf die Couch. Wir müssen Robert Bescheid geben. Es wird schwer sein, ihm von Lisa als Mörderin zu berichten«, sagt Linda eindringlich.

Sie bleiben noch sitzen, bis sich Anne beruhigt und gesammelt hat, und fahren dann.

Beide sind auf der Heimfahrt schweigsam. Sie gehen erst in ihre Wohnung. Anne zieht sich um. Sie trägt ihr Make-up frisch auf, damit Robert nicht sofort sieht, wie fertig sie eigentlich ist.

Linda hat sich ebenfalls umgezogen und sie gehen hinüber zu Robert. Er hat sich freigenommen und verlässt sich darauf, dass Lisa in der Firma seine Aufgaben übernehmen wird.

Anne klingelt. Robert öffnet die Tür und sieht Anne gleich an, dass sie sehr aufgeregt ist.

»Um Himmels Willen Anne, was ist denn schon wieder? Du hast für Lisa Personenschutz angeordnet. Ist ihr trotzdem etwas passiert?«, regt er sich auf.

»Nein Robert, mit Lisa ist alles in Ordnung. Komm, wir setzen uns und Linda kocht erst einmal Tee für uns.«

Linda geht in die Küche, Anne und Robert setzen sich im Speisezimmer an den Tisch.

Anne will erst, wenn Linda mit dem Tee kommt, erzählen, was vorgefallen ist.

Sie sieht Robert an und merkt, dass er ungeduldig darauf wartet, was sie zu erzählen hat. Der Tee ist fertig und Linda kommt zu ihnen ins Esszimmer. Auf einem Tablett hat sie die Teekanne, Tassen und Zucker mitgebracht. Sie trinken erst einen Schluck und nun drängelt Robert, dass sie ihm endlich sagt, was los ist.

Anne berichtet, was geschehen ist.

»Anne, das muss ein Irrtum sein. Das kann doch nicht sein, dass Lisa eine Mörderin ist«, ruft Robert entsetzt.

Anne fasst seine Hand und spricht weiter. »Leider ist es wahr, Robert. Wir haben sie selbst erwischt, als sie Kerstin etwas verabreichen wollte. Was es war, werden wir erfahren, wenn wir die Laborergebnisse haben.

Sie hat getobt und geschrien, der Arzt musste sie mit einer Spritze ruhigstellen. Sie wurde bereits ins Untersuchungsgefängnis gebracht. Erst wenn der Arzt einverstanden ist, werden wir sie verhören können. Um zu erfahren, was sie zu den Morden getrieben hat. Linda ist es im Gegenteil zu uns aufgefallen, dass sich Lisa in der letzten Zeit stark verändert hat. Es kann mit dem Tod ihrer Mutter zusammenhängen. Sie war schon immer launisch und verschlossen. Seit ihre Mutter gestorben ist, war sie manchmal regelrecht unerträglich«, erzählt Anne.

Robert ist zusammengebrochen. Es fällt ihm schwer, das alles zu glauben, kann aber Annes Bericht nicht anzweifeln. Er atmet schwer und fasst sich an die Brust, kann kaum Luft bekommen.

Anne hat Angst um ihn. Nach den beiden Morden und dem Anschlag auf Kerstin ist diese weitere Nachricht zu viel für ihn. Sie ruft den Arzt an, damit er Robert untersucht.

Der Arzt ist schnell da, untersucht Robert kurz und ruft dann einen Krankenwagen. Er besteht darauf, dass Robert zu weiteren Untersuchungen ins Krankenhaus gebracht wird. Er kann einen Infarkt nicht ausschließen. Bevor sie fahren, bittet Robert Anne, dass sie Collin benachrichtigen soll.

Nachdem der Krankenwagen mit Robert abgefahren ist, gehen Anne und Linda zurück in Annes Wohnung. Linda bleibt bei ihr, Linn ist noch im Kindergarten.

Anne bittet Max, der gerade gekommen ist, Collin zu benachrichtigen, erst dann will sie sich zurückziehen.

»Anne, trink jetzt einen Kräutertee und leg dich hin, du bist völlig fertig. Ich muss noch einmal ins Büro, bin bald wieder zurück«, sagt er und streichelt Anne über den Rücken. Sie nimmt den Vorschlag gern an und zieht sich zurück. Max und Linda lassen Anne allein, sie braucht jetzt unbedingt Ruhe.

Anne geht ins Bad, lässt Wasser in die Badewanne laufen und legt sich in das warme Wasser. Den Kräutertee, den Linda in einer Warmhaltekanne auf den Wannenrand gestellt hat, trinkt sie langsam. Sie bleibt lange liegen und entspannt sich. Von dem Bad und dem Tee erst so richtig müde geworden, legt sie sich hin und schläft drei Stunden tief und fest.

Der Schlaf hat ihr gutgetan. Erholt fühlt sie sich in der Lage, sich wieder den Problemen, die in der nächsten Zeit auf sie zukommen, zu stellen.

Max ist noch nicht zurück. Anne holt sich ein Glas Fruchtsaft und setzt sich in einen Liegestuhl auf der Terrasse. Die Sonne scheint, es ist herrlich warm. Sie genießt den Blick über den Garten. Die Farbenvielfallt auf den Blumenbeeten, die Schönheit um sie herum wirken beruhigend. Sie bleibt draußen sitzen, es ist so ruhig, dass sie noch einmal einschläft. Eine Stunde später erwacht sie, als sie hört, dass ein Auto vor dem Haus hält. Kurze Zeit später kommt Collin zu ihr auf die Terrasse und setzt sich zu ihr.

Auch Collin ist entsetzt. »Ich weiß, dass Lisa immer auf mich und Sina eifersüchtig war. Sie hatte mit Sina ihre Schwierigkeiten, war auf ihre Schönheit und Beliebtheit neidisch. Mich schonte sie öfter bei ihren Intrigen. Ich bin davon überzeugt, dass sie mich als den kleinen Bruder liebt. Nur die Eifersucht auf uns kann doch kein Motiv für die Morde sein!«, sagt er traurig.

Max gesellt sich zu ihnen, als er vom Büro zurückkommt, und sie sprechen über Lisa. Sie können sich nicht erklären, was sie zur Mörderin gemacht hat. Es bleiben Fragen über Fragen.

Das Telefon klingelt, Anne sieht Hendrik Nummer auf dem Display. Sie hebt ab und fragt gleich: »Hendrik, wie geht es Lisa jetzt?«

»Sie ist von der Spritze noch benommen. Ich

habe die Anweisung gegeben, dass sie ständig überwacht wird. Wir wissen nicht, wie sie sich verhält, wenn sie ganz zu sich kommt«, sagt Hendrik.

»Gut. Hendrik, bitte ruf die Sonderkommission zusammen. Wir wollen uns in einer Stunde im Konferenzraum treffen. Die Kollegen müssen umgehend über die neue Lage informiert werden. Bis dann«, verabschiedet sie sich.

Anne geht die Treppe herunter zum Auto und fährt los. Während der Fahrt überlegt sie, wie sie den Kollegen beibringen soll, dass ihre Nichte eine Mörderin ist. Im Konferenzraum wartet sie auf die Kollegen. Hendrik ist schon da. Die Kollegen kommen bald und setzen sich an den Tisch.

Anne berichtet: »Wir haben die Mörderin gefasst und überführt. Zu meinem Kummer muss ich Ihnen mitteilen, dass die Morde von meiner Nichte Lisa Klein begangen wurden. Sie plante auch den Anschlag auf meine Schwester und ließ es von ihrem Bruder ausführen. Ihr Motiv kennen wir nicht. Sie soll erst befragt werden, wenn sie dazu in der Lage ist. Sie ist zusammengebrochen und jetzt unter ständiger Bewachung in der Untersuchungshaft«, teilt Anne mit.

Die Kollegen kennen Lisa, die Vorstellung, dass sie zwei Menschen ermordete und den Anschlag auf Kerstin plante, schockiert alle. An Lisa als Täterin dachte bei den Ermittlungen in der Firma Klein niemand. Im Laufe der Untersuchungen in der Buchhaltung und der Verwaltung haben sich keine Verdachtsmomente auf Lisa ergeben. Sie hat die Ermittlungsarbeit in der Firma unterstützt.

Die Arbeit der Sonderkommission ist indes noch nicht beendet, es müssen noch Beweise dokumentiert werden. Die Kollegen bekommen Aufgaben, die sie bei der täglichen Arbeit in der nächsten Zeit erledigen sollen.

Anne bedankt sich bei allen, lobt die gute Zusammenarbeit unter den Kollegen und verabschiedet sie.

Anne bittet Hendrik, noch zu bleiben. Sie müssen wegen der Vernehmung Lisas noch alles genau besprechen. Sie bittet ihn, die Beamten, die Lisa bewachen, anzurufen und sich zu erkundigen, ob sie wach und ansprechbar ist. Hendrik nimmt sein Telefon und ruft sofort an. Danach berichtet er: »Sie ist wach und hat wieder angefangen zu toben. Die Kollegen haben einen Arzt gerufen, er musste ihr noch eine Spritze geben. Wir werden erst morgen oder übermorgen mit ihr sprechen können, wenn es der Arzt erlaubt. Falls sie überhaupt aussagen wird«, meint Hendrik.

»Hendrik, du weißt noch nicht, dass Robert im Krankenhaus ist. Es geht ihm nicht gut.

Er hat sich nach der Mitteilung, dass Lisa die Mörderin ist, schrecklich aufgeregt. Ich musste einen Arzt kommen lassen. Er bestand darauf, dass Robert ins Krankenhaus eingeliefert wird. Ich habe Collin Bescheid gesagt, er ist schon da, ist mit Max ins Krankenhaus gefahren«, erzählt Anne.

»Ich fahre jetzt nach Hause und hoffe, dass Max und Collin wieder da sind und über Roberts Zustand berichten können.«

Zu Hause angekommen sieht sie, dass die Männer schon da sind. »Wie geht es deinem Vater?«, fragt sie Collin.

»Ganz gut, er hat keine Schmerzen. Ein Herzinfarkt war es Gott sein Dank nicht, er ist nur völlig erschöpft. Morgen kann er entlassen werden. In der nächsten Zeit soll er sich erholen.

Vater meinte schon, dass er in die Firma muss. Jetzt, wo Lisa nicht mehr da ist. Das musste ich ihm ausreden. Es sind genug Mitarbeiter da, auf die er sich verlassen kann. Der Arzt hat dringend geraten, dass Vater in der nächsten Zeit Stress vermeiden soll«, berichtet Collin.

»Es ist eine gute Nachricht, dass es kein Herzinfarkt war. Dass er dringend Erholung braucht, muss er noch einsehen. Nicht leicht für ihn«, meint Anne.

Collin sagt noch nachdenklich: »Ich mache mir trotzdem noch Sorgen, wie er reagiert, wenn er mit Lisa spricht. Er will sie unbedingt besuchen, sobald sie ansprechbar ist.«

»Das ist keine gute Idee. Lisa muss erst wieder klar sein und richtig wach. Erst wenn die Ärzte Lisa für vernehmungsfähig erklären, werden wir sie befragen. Bis dahin darf sie niemand besuchen.

Ich denke, dass eine Vernehmung erst in zwei, drei Tagen möglich sein wird. Warten wir, bis es die Ärzte erlauben. Sie muss klar von den Mitteln sein, sonst hat es keinen Sinn, sie zu vernehmen«, bestimmt Anne.

»Jetzt mach dir keine Sorgen mehr, Collin. Komm zu uns ins Esszimmer und genieße den Abend mit der Familie. Über alles andere sprechen wir morgen, wenn dein Vater aus dem Krankenhaus kommt.

Gerrit kommt mit Susanne und den Kindern auch gleich. Die Kinder werden schon dafür sorgen, dass wir unsere schweren Gedanken mal kurz vergessen«, meint Anne.

Es klingelt und schon stürmen die Kinder herein. Gerrit und Susanne versuchen vergeblich, sie zurückzuhalten.

Anke, Gerrits Tochter, holt Linn in der Küche ab, und nimmt sie an der Hand mit. Sie holen Spielzeug und ziehen sich in eine Ecke zurück. Hendrik deckt mit Gerrit den Tisch. »Das Essen ist gleich fertig«, meldet Max.

Anne hat sich mit Susanne etwas abseits auf die Couch gesetzt und sie unterhalten sich.

»Anne, ich kann es gar nicht glauben. Ich habe mich mit Lisa gut verstanden. Sie liebt die Kinder, ist oft mit schönen Geschenken für sie gekommen. Sie wusste genau, was sie mögen, sie kannte ihre Wünsche und Interessen. Als die gute Tante wird sie den Kindern fehlen«, seufzt Susanne.

Es wird ein schöner Abend. Trotz Sorgen und Schrecken der letzten Zeit ist die Unterhaltung lebhaft. Es wird gescherzt und gelacht. Anne beobachtet Hendrik und Linda und freut sich über ihr Glück. Linda ist wie ausgewechselt, sie strahlt Hendrik an und küsst ihn immer wieder ungeniert.

»Ich glaube, wir müssen die zwei auseinandersetzen, sie kommen ja gar nicht zum Essen«, scherzt Max.

Linda wird unter allgemeinem Gelächter rot und droht ihrem Vater mit dem Finger.

Gerrit erzählt noch von seinem Sohn. Der hatte am Vortag, als er ins Bett gehen sollte, geweint. Auf die Frage, warum er so weint, hat er gemeint: »Es ist so schade um den schönen Tag, der so in die Nacht zerflossen ist.« Alle lachen über den kleinen Dichter.

10. Kapitel

Hendrik erkundigt sich täglich, wie es Lisa geht. In der kommenden Woche teilt der Arzt mit, dass Lisa jetzt ruhiger sei. Sie bekomme nur noch leichte Beruhigungsmittel.

Nach der Mitteilung, dass Lisa nun vernehmungsfähig ist, beschließt Anne, dass das Verhör am Freitag stattfinden soll. Hendrik und Linda werden ebenfalls dabei sein.

Lisa wird hereingeführt, sie wirkt ruhig, fast gelassen. Sie setzt sich an den Tisch und bittet um ein Glas Wasser.

Anne setzt sich ihr gegenüber und spricht sie an.

»Lisa, was ist passiert, dass du zwei Menschen ermordet hast, und einen Anschlag auf meine Schwester veranlasst hast?«

Lisa führt das Glas an den Mund und trinkt es auf einmal leer. Sie schaut Anne an und fragt, ob ihr Vater bei ihrer Aussage dabei sein könne.

Anne denkt eine Weile nach und bittet dann Hendrik, Robert anzurufen und zu holen. Bis ihr Vater dabei ist, will Lisa nicht sprechen.

Anne und Linda gehen, bis Robert ankommt,

in ihr Büro zurück. »Anne«, sagt Linda. »Ich habe dir schon gesagt, dass ich eine sehr starke Veränderung bei Lisa gemerkt habe, wenn ich nach Hause gekommen bin. Du hast gemeint, dass es mit Sinas Tod zusammenhängt. Dass ihr vielleicht leidtut, dass sie Sina oft geärgert und schikaniert hat.

Ich meine, dass die Veränderung schon vorher da war. Dass es mit dem Tod ihrer Mutter zusammenhängt. Denn seitdem wirkt sie oft wie geistig abwesend und nachdenklich. Ich habe sie gefragt, was los ist. Sie meinte nur, dass sie sehr viel zu tun hat und oft gestresst ist.«

»Sie war schon immer schwierig, also ist euch eine Veränderung im täglichen Umgang nicht aufgefallen.

In der letzten Zeit war es aber noch anders. Sie wirkte gehetzt, es kam mir vor, als ob sie unter einem großen Druck steht und handelt. Ich bin sehr neugierig, was sie uns zu sagen hat.«

Hendrik kommt mit Robert zurück und alle gehen zu Lisa in den Verhörraum.

Als Lisa ihren Vater sieht, fängt sie an zu weinen. Nach einer Weile spricht sie endlich. Sie sagt, niemand solle sie unterbrechen, denn sonst werde sie gar nichts mehr sagen.

Sie sieht ihren Vater an und fängt an zu erzählen.

»Angefangen hat alles, als meine Mutter gestorben ist. Kurz vor ihrem Tod erzählte sie mir, dass du nicht mein Vater bist. Sie war dir untreu und von Karstens Vater schwanger. Ich bin also Karstens Schwester, nicht nur seine Halbschwester.

Sie sagte, dass eine Weile nach meiner Geburt die Ehe mit dir noch in Ordnung war. Meine Mutter hat jedoch wieder ein Verhältnis mit meinem leiblichen Vater angefangen.

Nachdem sie wieder von ihm schwanger war, wollte sie sich scheiden lassen. Nach der Scheidung hat sie ihn geheiratet und Karsten zu Welt gebracht. Sie sagte mir, dass bei der Scheidung ausgemacht wurde, dass ich bei Robert bleiben kann.

Weiter erzählte sie, dass nur Frau König Bescheid wusste, dass Robert nicht mein Vater ist. Frau König hat viel privaten Kontakt mit Kerstin gehabt. Meine Mutter vermutete, dass es Frau König Kerstin erzählt hat. Wahrscheinlich hat es dann auch Sina von Kerstin erfahren.

Für mich war das ein unfassbarer Schock. Das bedeutete ja, dass, wenn sie dir das erzählen, ich nicht mehr zu deinen Kindern, die deine Erben und Nachfolger sind, gehöre. Ich habe den Namen Klein als Familiennamen bei meiner Heirat behalten als Zeichen der Familienzugehörigkeit.

Nun weiß ich, dass ich überhaupt nicht zur Familie gehöre. Für mich bleibt, wenn ich gut bin, nur meine Stellung in deiner Firma. Auch das sah ich als fraglich, denn Sina und Collin haben ebenfalls Architektur und Betriebswirtschaft studiert und sollten in die Firma eintreten. Für mich ist eine Welt zusammengebrochen. Alles, was ich mir aufgebaut hatte, war gefährdet.

An einen Mord habe ich nicht gleich gedacht. Der Gedanke daran, dass ich damit rechnen muss, dass du es eines Tages erfährst, beschäftigte mich Tag und Nacht. Der Gedanke drehte sich wie ein Rad in meinem Kopf.

Langsam setzte sich bei mir der Glaube fest, dass ich alle Wissenden beseitigen müsste, und zwar schnell. Dann würde alles gut.«

Robert will etwas sagen. Lisa betont noch einmal, dass sie niemand unterbrechen soll.

»An dem Abend, als ich nach dem Tennismatch früher als Mark nach Hause gegangen bin, habe ich Sina angerufen. Ich habe zu ihr gesagt, dass ich zu ihr kommen und etwas mit ihr besprechen will. Dass ich mich von Mark trennen will, weil ich ein Verhältnis mit Heinz Sudof habe.

Wir haben uns unterhalten und dann habe ich sie gebeten, noch mit zu mir zu kommen und auf Mark zu warten. Die Skulptur mit dem Marmorsockel, die auf der Anrichte Sinas im

Flur stand, habe ich mitgenommen, ohne dass sie es gemerkt hat. Die Absicht, Sina als Erste zu töten, festigte sich bei mir, als sie sagte, dass auch noch ihre Mutter und Frau König wissen, dass du nicht mein leiblicher Vater bist.«

Lisa schweigt eine Zeitlang, atmet tief durch und erzählt dann weiter. Ihre Stimme ist oft leise und zittert.

»In meiner Wohnung haben wir uns unterhalten und Sina erzählte mir, dass sie bereits seit drei Monaten wieder mit Mark ein Verhältnis hatte und bereits schwanger von ihm war. Die Wut, die ich da bekommen habe, dass die beiden mich schon seit Monaten betrogen haben, kann sich niemand vorstellen.

Ich konnte mich die ganze Zeit, als wir auf Mark gewartet haben, nur schwer beherrschen.

Dass ich selbst ein Verhältnis mit Heinz hatte, war etwas anderes. Aber wie konnten sie es wagen, mich zu betrügen!« Lisa beherrscht sich nur noch mühsam.

Wie immer, wenn sie aufgeregt ist, breiten sich auf ihren Wangen rote Flecken aus. Wieder holt sie mehrmals tief Luft, macht eine kurze Pause und spricht dann weiter.

»Wir haben bis ungefähr 21:30 Uhr auf Mark gewartet. Ich wusste, dass Mark nicht so schnell nach Hause kommt. Nach unserem Streit setzte er sich zu seinen Freunden an die Bar und mir war klar, dass es spät würde.

Sina wollte nicht mehr warten. Sie war der Meinung, wir könnten am nächsten Tag alles klären.

Im Flur habe ich die Skulptur, die ich aus Sinas Wohnung mitnahm, in die Hand genommen und ohne lange zu überlegen habe ich Sina damit mit voller Wucht auf den Kopf geschlagen. Ich hatte so eine Wut, dass ich mit aller Kraft nur einmal zugeschlagen habe. Meine rasende Wut hat mir riesengroße Kraft gegeben.

Sie war, glaube ich, sofort tot. Die Wunde hat stark geblutet, ich musste gleich mehrere Handtücher nehmen und sie ihr unter den Kopf legen.

Erst war ich ein wenig hilflos, wusste nicht, was ich tun sollte. Dann habe ich Heinz angerufen und ihn gebeten, schnell zu mir zu kommen.

Er war entsetzt, als er Sina in ihrem Blut liegen sah. Ich habe gebettelt, dass er mir hilft, die Leiche wegzuschaffen, bevor Mark nach Hause kommt.

Er weigerte sich, ich konnte ihn jedoch überreden. Habe gedroht, dass ich Selbstmord begehen würde, wenn er mich verrät. Ich konnte ihn überzeugen, dass der Mord eine spontane Handlung war.

Ich habe die Blutspuren im Flur beseitigt für den Fall, dass Mark doch zu schnell nach Hause kommt. Wir haben die Handtücher von ihren

Wunden entfernt und neue genommen. Die blutgetränkten Handtücher habe ich gleich in die Waschmaschine getan. Heinz saß die ganze Zeit geschockt im Wohnzimmer und grübelte. Es war schwierig, ihn zu überzeugen, dass die Tat ein Kurzschluss war. Ich habe behauptet, dass ich selbst entsetzt darüber wäre, was ich da getan hatte.

In der Vergangenheit half er mir manchmal in der Firma bei meinen Schikanen gegen Sina. Weigerte sich aber später mitzumachen, wenn ich mit meinen Lügen zu weit gegangen war. Er ist zarter besaitet als ich«, erzählt sie und zuckt mit den Schultern.

»Sinas Leiche haben wir in eine Decke gewickelt, in die Garage getragen und sie in den Kofferraum gelegt. Wir sind an einen Parkplatz am Mainufer gefahren. Wir haben sie in einer Mulde, unweit des Spazierweges, abgelegt. Vom Weg aus konnte sie nicht gesehen werden. Leider wurde sie von einem Hund zu schnell entdeckt.

Um die Leiche weiter weg zu fahren, dafür hatten wir keine Zeit. Ich musste zurück in die Wohnung, um richtig sauber zu machen, bevor Mark nach Hause kam.

Heinz setzte mich nur zu Hause ab, stieg fluchtartig in sein Auto um und fuhr gleich weiter. Er wollte wieder in die Gaststätte, in der er mit Karsten war, als ich ihn angerufen habe. Karsten würde ihm sicher ein Alibi geben. Dazu musste er ihn überreden.

Ich wusste, dass er mir das, was ich getan hatte, nicht verzeihen würde. Jetzt sprach er nicht mit mir. Manchmal hatte ich ihn in Verdacht, dass auch er in Sina verliebt war. Sie war ja so toll und schön«, sagt Lisa giftig. Ihre anfängliche Unsicherheit ist verschwunden.

»Seitdem haben wir uns noch getroffen, er hat sich aber von mir abgewandt.«

Kurz blickt sie ins Leere, fährt dann fort: »Zu Hause war ich erleichtert, dass Mark noch nicht da war. So konnte ich alle Blutspuren noch einmal richtig wegwischen.

Mark und ich haben nach unserem Tennismatch heftig gestritten, den Streit habe ich provoziert. Ich bin dann alleine nach Hause gefahren. Ich wusste, dass ich nun mein Vorhaben noch an diesem Abend erledigen konnte.

Nachdem ich alles sauber hatte, bin ich zu Heinz gefahren und habe bei ihm geschlafen. Dass ich gar nicht zu Hause war, hat Mark nicht bemerkt.

Sein Bettzeug habe ich ins Wohnzimmer auf die Couch gelegt. Er sollte denken, dass ich noch sauer bin und schon schlafe.

Zu Heinz musste ich unbedingt noch fahren.

Ich musste mit ihm reden, ihn überzeugen, dass es eine spontane Reaktion auf Sinas Mitteilung war, dass sie mit Mark zusammen und schon von ihm schwanger war. Nach langem Zureden versprach er mir endlich, dass er mich nicht verraten würde.

Seitdem ist unser Verhältnis schlecht. Ich musste oft mit ihm zusammen sein, damit ich seine Gewissensbisse kontrollieren konnte«, seufzt sie.

»Zum Glück hat Karsten, der bei Heinz übernachtet hat, fest geschlafen, als ich zu ihm gekommen bin.

Nun, es ging dann weiter. Ich kam mir vor, als würde mich etwas treiben weiterzumachen. Ich hatte die Skulptur, mit der ich Sina erschlagen habe, mitgenommen und versteckt.

Als Nächstes, dachte ich, musste ich Frau König ›ausschalten‹, damit sie nichts verraten konnte.

Anne, jetzt fällt dir vielleicht ein, dass ich deine Verabredung mit Frau König mitbekommen habe, als du mit ihr telefoniert hast und ich gerade bei dir im Büro war. Es war mir klar, dass ich sofort handeln muss, damit du von Frau König nicht etwas erfahren kannst, was mich verdächtig machen würde.«

Anne möchte dazu etwas einwenden, doch Lisa fährt ihr über den Mund.

»Anne, unterbrich mich nicht! Ich habe schon gesagt, dass ich nichts mehr sagen werde, wenn mich jemand unterbricht. Auch in Zukunft nicht! Ich will auch keinen Anwalt«, sagt Lisa resolut.

»Ich habe Frau König angerufen und gefragt, ob ich abends zu ihr kommen könne, ich müsse etwas sehr Wichtiges mit ihr besprechen. Sie fragte, ob es nicht Zeit bis morgen hätte oder wir es im Büro erledigen können.

Dass ich sie in ihrer Wohnung aufsuchen wollte, gefiel ihr nicht. Sie hat ungern eingewilligt, vor allem, weil ich erst abends kommen wollte. Ich war ihr unsympathisch, das weiß ich, sie mochte mich nicht. Die Uhrzeit war ihr nicht recht. Wir haben uns dann doch auf 21:00 Uhr geeinigt. Das war für mich wichtig, ich habe angenommen, dass die Wahrscheinlichkeit, dass mich jemand sieht, abends geringer ist.

Frau König hat mir aufgemacht und ist vor mir durch den Flur in Richtung Wohnzimmer gelaufen. Dass im Flur ein Teppich lag, erschien mir als günstig und so habe ich die Skulptur aus der Tasche geholt und gleich mit äußerster Gewalt zugeschlagen. Sie drehte sich noch um und wollte nach mir greifen. Da habe ich einfach noch einmal zugeschlagen. Sie taumelte kurz zur Seite, dann brach sie zusammen.

Oh, wie furchtbar das war! Ganz so abgebrüht, wie ihr glaubt, bin ich nicht.

Wieder habe ich Heinz angerufen und ihn gebeten, zu mir in die Wohnung von Frau König zu kommen.

Als er gesehen hat, was ich getan habe, weigerte er sich ganz entschieden, mir zu helfen die Leiche zu beseitigen. Zu meinem Entsetzen wollte er die Polizei rufen. Ich habe ihn angefleht und gesagt, dass ich mich stellen werde, nur nicht gleich. Habe ihm erzählt, dass ich selbst über das, was ich getan habe, entsetzt bin. Dass es spontane Reaktionen waren auf Probleme, die ich mit Sina und Frau König hatte.

Nach langem Zureden versprach er, mich nicht zu verraten. Ich musste ihm schwören, dass ich mich stellen werde. Heinz weigerte sich aber trotzdem, mir zu helfen die Leiche zu beseitigen. Er ist aus der Wohnung regelrecht geflüchtet. So musste ich die Leiche einfach liegen lassen, wo sie schon am nächsten Tag von ihrer Tochter und den Beamten entdeckt wurde.«

Anne, Linda, Hendrik und Robert sitzen völlig schockiert da und hören Lisas Ausführungen zu.

»Jetzt blieb noch Kerstin übrig, als Letzte, die Bescheid wusste, dass Robert nicht mein Vater ist.«

Robert lehnt sich vor und will etwas sagen.

»Vater, unterbrich mich nicht, du kannst erst dann etwas sagen, wenn ich fertig bin«, wehrt sie seinen Versuch ab.

»Dass es nicht so leicht würde, Kerstin zu ermorden, wie Sina und Frau König, war mir klar. So habe ich meinen Bruder Karsten, der so, wie ich jetzt wusste, mein richtiger Bruder ist, überreden können, dass er einen Unfall arrangiert.

Er ist leicht zu beeinflussen, ist unsicher. Mit Geld und Versprechungen konnte ich ihn überzeugen.

Ich habe ihm gesagt, dass Kerstin an dem Samstag ganz sicher allein Brötchen holen geht.

Er hat einen Firmenwagen geholt und Kerstin an dem Fußgängerüberweg abgepasst und angefahren. Kerstin loszuwerden, der Gedanke war für mich doppelt befriedigend. Als Mitwisserin und verhasste Stiefmutter. Das gebe ich zu. Ein Stein rollte und rollte, war nicht mehr aufzuhalten.

Mir war zu dem Zeitpunkt irgendwie alles egal. Ich habe in der Nacht auf Samstag bei Heinz übernachtet. Nach dem Unfall kam Karsten zu uns, wir haben zusammen gefrühstückt.

Heinz wusste nicht, dass Karsten den Unfall verursacht hat, er hätte da auf keinen Fall mitgemacht. Schon bei Sina half er mir nur auf mein Betteln und auf meine Behauptung hin, dass es nur eine Kurzschlussreaktion war. Er mochte Sina und auch Kerstin.

Als feststand, dass es ein geplanter Anschlag auf Kerstin war, fürchtete ich, dass er mich verdächtigen und zur Polizei gehen würde. Zum Glück hat er auf den Samstag bei mir übernachtet und so keinen Zusammenhang gesehen. Karsten ist zum Frühstück gekommen. Wann genau er gekommen ist, wusste Heinz nicht. Karsten und ich haben getan, als wären wir überrascht, als uns der Unfall mitgeteilt wurde.«

»So, jetzt habe ich alles gesagt«, sagt Lisa. Sie lehnt sich in ihrem Stuhl zurück und verschränkt die Arme vor der Brust. Sie ist sehr bleich, wirkt aber auch schon wieder etwas trotzig.

Alle schweigen fassungslos über das, was sie da eben gehört haben. Als Erster meldet sich Robert.

»Lisa, ich weiß doch, dass du nicht mein leibliches Kind bist. Deine Mutter hat es mir schon längst vor unserer Scheidung gesagt.

Ich habe dich vom ersten Augenblick, als du geboren wurdest, geliebt. Du warst das erste Baby, das ich in den Armen hielt, und ich wollte dich nicht hergeben. Für mein Einverständnis mit der Scheidung habe ich von deiner Mutter verlangt, dass du bei mir bleibst. Ich versprach ihr, dass du sie besuchen kannst, so oft du möchtest. Nach einigem Hin und Her war deine Mutter einverstanden, sie war schon mit Karsten schwanger.

Nach der Scheidung blieb ich mit dem Einverständnis deiner Mutter offiziell dein Vater. Sie versprach mir, dass sie dir nichts sagt. Wir haben ausgemacht, dass ich es dir irgendwann, wenn du erwachsen bist, selbst sage.

Deshalb ist alles, was du getan hast, so nutzlos. Du bist erbberechtigt, wie ein eigenes Kind. Meine Vaterschaft wurde von niemandem angezweifelt. Ich habe nie darüber gesprochen, dass du nicht mein leibliches Kind bist, weil ich es für unnötig gehalten habe. Du warst einfach meine Tochter.

Dass du dir deine Stellung in der Firma hart erarbeitet hat, weiß ich. Es war schon immer keine Frage, dass du meine Nachfolgerin wirst. Zusammen mit Collin wäret ihr ein gutes Team gewesen. Sina war entschlossen, nur eine kurze Zeit in der Firma Erfahrungen zu sammeln. Sie war für dich niemals eine ernste Konkurrenz.

Sie wollte sich eine Stelle in Hamburg suchen. Dort hat es ihr gefallen, als sie Linda besucht hat.

Es ist schrecklich, dass mein Versäumnis, dir das alles zu sagen, dich zu einer Mörderin hat werden lassen«, sagt nun Robert bekümmert.

»Nein, Robert, es ist nicht deine Schuld«, widerspricht sofort Linda.

»Es liegt an Lisa allein. Das alles ist doch keine Entschuldigung dafür, dass sie aus Angst, vom Erbe ausgeschlossen zu sein, gemordet hat.

Dass sie sich nach der Mitteilung ihrer Mutter in einem Ausnahmezustand befunden hat, wird ihr bei der Gerichtsverhandlung vielleicht als mildernder Umstand anerkannt werden.

Es bedeutet aber nicht, dass sie für ihre Taten nicht bestraft werden kann.

Die Motivation für die Morde hat sie sich selbst zurechtgelegt. Das wird sie einsehen müssen.«

Anne lässt Lisa abführen und ordnet an, dass sie in der Untersuchungshaft bleiben soll.

Das Verfahren wird erst anberaumt. Auch ein medizinisches Gutachten wird man erstellen. Erst dann wird ihre Schuldfähigkeit festgestellt werden. Eine Überstellung in die geschlossene Psychiatrie würde erst erfolgen, wenn das Gutachten das als notwendig auswiese.

Endlich ist es zu Ende. Jetzt bin ich froh, dass ich erwischt wurde. Sie wissen nicht, dass ich das, was ich getan habe, selbst ganz schrecklich finde. Dass ich mir nie vorstellen konnte, dass ich zu so etwas fähig bin.

Es kommt mir so vor, als ob ich aus einem Alptraum erwacht bin. Ich wollte doch, dass sie mich

*lieben und anerkennen. Vor allem Robert, den ich
doch so sehr liebe. Irgendwie konnte ich nie aus meiner Haut und sehe ein, dass ich selbst durch mein
Verhalten dazu beitrug, dass mich in der Familie
niemand leiden konnte. Wenn ich ehrlich bin, muss
ich gestehen, dass ich jemanden, der sich so verhält,
wie ich mich immer verhalten habe, auch nicht besonders gern leiden würde.*

Jetzt muss ich die Rechnung bezahlen.

*Als mich Linda besuchte, konnte ich einiger-
maßen ruhig bleiben. Robert hat sich angekündigt.
Davor habe ich richtig Angst. Es wird mir nicht ge-
lingen, ruhig zu bleiben, aber da muss ich durch,
wie man so sagt. Ich kann mir nicht vorstellen,
dass er und die Familie mir je verzeihen.*

»Wir können jetzt nichts mehr tun. Weiteres
werden wir noch erfahren. Das Wichtigste ist
jetzt erst einmal, dass Kerstin wieder gesund
wird.«

In gedrückter Stimmung fahren sie nach
Hause.

»Robert, für dich war das alles ganz entsetzlich.
Du musstest in der letzten Zeit so viel Schlimmes durchmachen. Es ist wichtig, dass du dir
von einem Therapeuten helfen lässt.

Wir treffen uns heute Abend wieder bei uns.
Robert, komm bitte auch ganz bestimmt«, sagt
Anne.

»Ich muss jetzt noch nach Bad Homburg zur Polizei fahren. Mein Mann und ich hatten uns ursprünglich mit einem der Beamten dort für heute Abend verabredet. Wir sind schon lange befreundet. Ich will nicht telefonisch absagen, das mache ich lieber persönlich«, verabschiedet sich Anne.

11. Kapitel

In Bad Homburg bei der Polizeidienstelle geht sie direkt ins Büro von Holger Fürth. Sie unterhalten sich über die aktuellen Fälle. Anne erzählt, was sie erfahren haben. Auf einmal sieht sie eine Fotografie von David auf dem Tisch von Holger.

»Wer ist das? Der Mann kommt mir bekannt vor«, fragt Anne. »Das ist David Neuber, ein Kriminalkommissar, der vor zwei Monaten, auf eigenen Wunsch, von Karlsruhe zu uns versetzt wurde. Er wollte sich ursprünglich auch mit euch in Frankfurt in Verbindung setzen. Er glaubte, dass er entweder im Hochtaunuskreis oder in Frankfurt den Mörder seiner Nichte finden kann. Er ist tot, leider ist er vor einem Monat bei einem Einsatz, als wir eine Diebesbande verfolgt haben, erschossen worden«, erzählt Holger.

»Anne, geht es dir nicht gut?«, fragt Holger und wendet sich besorgt Anne zu, die schwer nach Luft schnappt.

Anne kann nicht antworten, sie steht unter Schock. Holger holt ein Glas Wasser und Anne trinkt es auf einmal leer. Sie spricht wie in einem Traum.

»Es ist schon gut, es war wohl in letzter Zeit alles zu viel. Ich nehme mir ein paar Tage frei. Heute Abend wollen wir noch einiges besprechen. Dann werden Linda und ich auf das Gut zu meinem Bruder fahren und dort ein paar Tage bleiben. Ich habe wirklich eine Erholung nötig.

Also sei nicht böse, dass wir uns heute nicht treffen können«, bittet Anne.

»Kein Problem, wir holen es nach«, beruhigt sie Holger.

Anne verlässt das Büro und setzt sich auf einen Stuhl auf dem Flur. Sie bleibt lange Zeit sitzen. Sie kann das, was sie über David erfahren hat, nicht begreifen. »Ich muss unbedingt so bald wie möglich mit David sprechen. Vielleicht ist es eine Verwechslung, das kann doch nicht sein, dass er ein toter Mensch ist. Aber jetzt fahre ich erst nach Hause, alle warten bestimmt mit dem Essen auf mich.

Ob ich David noch heute aufsuche, entscheide ich noch. Es ist sicher besser, wenn ich einmal darüber geschlafen habe. Es hat morgen auch noch Zeit«, überlegt sie.

Zu Hause angekommen sieht sie, dass Linda und Hendrik auf sie warten. Sie wollen gerade hoch in die Wohnung gehen, als Robert gelaufen kommt. Er ist aufgeregt, läuft schnell auf sie zu.

Anne erschrickt erst, sieht aber, dass er lächelt, also kann es nichts Schlimmes sein.

»Was ist los, Robert? Warum bist du so aufgeregt? Du bist ganz außer Atem«, fragt sie schnell.

»Anne, der Arzt hat gerade angerufen, Kerstin ist wach. Kommst du mit mir ins Krankenhaus? Ich habe ein Taxi bestellt, das wird gleich da sein.«

Das Taxi kommt gerade. Anne steigt mit Robert ein und sie fahren los. Robert hält während der Fahrt die ganze Zeit Annes Hand.

In Kerstins Zimmer angekommen sehen sie, dass sie gerade vom Arzt untersucht wird. Zu sehen sind nur noch ein paar bereits verblasste blaue Flecken im Gesicht.

Der Arzt ist mit der Untersuchung fertig. »Ich bin sehr zufrieden. Ihre Frau ist ganz wach. Die inneren Verletzungen heilen gut. Es werden noch abschließende Untersuchungen gemacht. In ungefähr einer Woche kann Ihre Frau entlassen werden.

Ich habe unsere Neurologin gebeten zu kommen, damit sie Ihnen die Ergebnisse ihrer Untersuchung selbst mitteilt. Sie kennen sie bereits.

Da ist sie schon«, sagt er, als die Tür aufgeht.

»Simone, kannst du bitte Herrn Klein deine Diagnose mitteilen?«, wendet er sich an die Neurologin.

»Guten Tag, Herr Klein«, begrüßt ihn diese und gibt ihm die Hand. »Die Kopfverletzung wird keine neurologischen Folgen haben. Es wurde ein MRT gemacht und ich habe Ihre Frau untersucht. Es ist alles in Ordnung«, versichert sie.

Robert geht zu Kerstin, die sich aufgesetzt hat, und umarmt sie vorsichtig, von Freude überwältigt.

»Mein Schatz, ich freue mich so, dass es dir besser geht. In ein paar Tagen hole ich dich ab, du fehlst mir so sehr.« »Uns allen fehlst du, liebe Kerstin«, meldet sich Anne. Sie sieht, dass Kerstin müde ist, sie wird noch viel Ruhe brauchen.

»Robert, ich lasse euch allein, ich warte draußen.«

Anne setzt sich auf einen Stuhl vor dem Zimmer. Sie atmet tief durch. Eine große Sorge ist von ihr abgefallen. Sie nimmt sich vor, viel Zeit mit Kerstin zu verbringen, wenn sie nach Hause kommt.

»War es nötig, dass so viel Unglück geschehen musste, damit wir aufmerksamer miteinander umgehen? Vor allem Robert hat sich verändert und setzt jetzt andere Prioritäten«, überlegt sie.

Robert kommt nach kurzer Zeit zu ihr und sie fahren nach Hause. Zu Hause warten alle ungeduldig, sie wollen wissen, wie es Kerstin geht und wann sie nach Hause kommt.

Robert berichtet. Man sieht ihm an, wie erleichtert und glücklich er ist.

»Kerstin kommt in ein paar Tagen nach Hause. Ich werde endlich die Verantwortung in der Firma an einen zuverlässigen Mitarbeiter übertragen, bis Collin mit seinem Studium fertig ist und in die Firma eintreten kann. Ich selbst werde kürzertreten, werde viel Zeit mit Kerstin verbringen. Wir haben seit Jahren eine Weltreise geplant und immer wieder aufgeschoben. Wenn Kerstin wieder ganz gesund ist und sich erholt hat, werden wir es endlich verwirklichen«, erzählt Robert.

Abends versammeln sich alle bei Anne. Max hat Frankfurter grüne Soße, seine Spezialität, vorbereitet und serviert dazu Eier und Kartoffeln.

»Die speziellen Kräuter für die Soße habe ich vom Gut mitgebracht. Meine Schwägerin hat extra ein Beet dafür angelegt. Viele ihrer Kunden kommen jetzt, um die Kräuter zu holen«, verkündet Max. Alle genießen das Essen und loben seine Kochkünste.

Nach dem Essen gibt es nur noch Kaffee oder Espresso. Danach gehen alle ins Wohnzimmer, um sich noch zu unterhalten.

Robert meint traurig: »Ich werde nicht damit fertig, dass als Folge meines Versäumnisses,

Lisa zu sagen, dass ich weiß, dass ich nicht ihr leiblicher Vater bin, Lisa zur Mörderin geworden ist.«

Anne wendet sich ihm zu. »Robert, es ist nicht deine Schuld. Lisa ist für ihre Entscheidung, das Problem durch Morde zu lösen, selbst verantwortlich.

Für uns alle gehört das zu der Erfahrung, wie wichtig es ist, miteinander zu reden. In meinem Beruf mache ich immer wieder die Erfahrung, wie viel Unglück dadurch entsteht, dass Menschen nicht miteinander sprechen. Wir verfangen uns in unseren Gedanken und es ist doch oft so, dass, wenn wir etwas aussprechen, selbst merken, wie falsch wir ein Problem gesehen haben.

Wir haben an dem Beispiel von Sina und Mark erfahren, wie sie gelitten haben, weil sie nicht miteinander gesprochen haben. Auch du, Linda, hast mit Hendrik diese Erfahrung gemacht.

Trotz unserer Versäumnisse wäre es falsch, jemandem eine Schuld zuzuweisen. Wir sind alle Menschen, die Fehler machen, und müssen für unsere Handlungen selbst die Verantwortung übernehmen.

Die Erfahrungen, die wir machen, sind oft schmerzhaft. Es ist unsere Aufgabe, daraus zu lernen und aufmerksamer miteinander umzugehen. Leider lernen und begreifen wir sehr häufig erst, wenn es weh tut oder zu spät ist«, seufzt Anne.

»Du hast recht, Mutter. Ich habe viel über alles nachgedacht und mir vorgenommen, aufmerksamer zu sein und nicht vor Problemen wegzulaufen«, meldet sich Linda.

Robert hat sich beruhigt und möchte jetzt hinübergehen. Auch Linda und Hendrik wollen sich zurückziehen.

Max und Anne räumen noch in der Küche auf. Sie unterhalten sich dabei.

»Ich habe die ganze Zeit Linda und Hendrik beobachtet. Es tut so gut, sie so glücklich zu sehen. Linda ist ganz verändert, ich glaube, dass sie wirklich verstanden hat«, meint Anne.

»Ja, und wir haben uns doch schon immer gewünscht, dass die beiden ein Paar werden. Schön, wenn Wünsche manchmal in Erfüllung gehen.

Ich bin jetzt müde, es wird Zeit, dass wir uns auch erholen«, sagt Max.

Sie sind in der Küche fertig und gehen ins Bad, um sich für die Nacht fertig zu machen. Im Schlafzimmer unterhalten sie sich noch kurz. In den nächsten Tagen ist noch viel zu erledigen.

Sie kuscheln sich zusammen und schlafen schnell ein.

Am nächsten Morgen beschließt Anne gleich nach dem Frühstück, auf den Friedhof zu David zu fahren. Sie hofft, dass er da sein wird.

Beim Fahren muss sie sich konzentrieren. Sie ist immer noch aufgewühlt, wenn sie wieder daran denkt, was sie gestern von Holger erfahren hat. Sie hat schlecht geschlafen, ist oft aufgewacht und konnte lange nicht wieder einschlafen.

Es ist früh am Morgen, noch ist es kühl. Sie läuft langsam und von Weitem sieht sie, dass David da ist. Er sitzt wie immer auf der Bank und wartet offensichtlich auf sie.

Anne setzt sich zu ihm und sie schweigen eine Weile. »Frau Hofer, jetzt wissen Sie das, was ich Ihnen selbst nicht sagen konnte«, fängt David an zu erzählen.

»Ja, ich war mehr als überrascht, sagen wir lieber, ich war geschockt. Geschockt, als ich feststellen musste, einen Toten gesehen und mit ihm kommuniziert zu haben. Wie ist denn das möglich?«, fragt sie.

»Dass Sie mich wahrnehmen können, war auch für mich eine Überraschung. Ich kann Ihnen das nur so erklären, wie ich es denke.

Bei der Beerdigung Ihrer Nichte sah ich Ihre große Trauer. Sie haben zufällig zu der Bank gesehen, auf der ich gesessen habe. Wahrschein-

238

lich haben Sie mich da schon wahrgenommen. Nicht erst, als Sie sich beim Besuch an Sinas Grab zu mir setzten.

Ich glaube, dass ich in dem Augenblick die Aufgabe übernommen habe, Ihnen bei der Suche nach dem Mörder zu helfen. Ich konnte Ihre Trauer nachvollziehen. Ja, fühlen, denn ich selbst verlor meine Nichte durch einen Mord.

Ich bin als Toter kein Hellseher, aber ich habe – sagen wir, gewisse Möglichkeiten, zum Beispiel schnelle Ortswechsel, zuzuhören, ohne dass man mich wahrnimmt. Ich hatte Lisa von Anfang an in Verdacht. Das konnte ich Ihnen aber nicht sagen, Sie hätten mir nicht geglaubt.

So habe ich Sie immer nur auf bestimmte Vorgänge aufmerksam machen können«, erzählt David ruhig.

»Es ist auch nicht so, dass ich herumgehen und Menschen einfach beobachten kann. Ich glaube, dass eine emotionale Verbindung mit dem Menschen, der mich sehen kann, nötig ist«, meint er noch.

»Ob ich weiterhin als Toter hierbleibe, weiß ich nicht. Wie Sie erfahren haben, wurde ich bei einem Einsatz erschossen. Nach meinem Tod war ich verwirrt, als ich gemerkt habe, dass mich Menschen nicht wahrnehmen. Ich beobachtete meinen leblosen Körper und war trotzdem noch existent. Mit der Zeit habe ich kapiert, dass ich wirklich tot bin, und man mich weder sehen noch hören kann. Es war erst einmal ein Schock. Dass ich trotzdem noch existierte, widersprach allem, was ich im Leben geglaubt habe. Dass mit dem Tod alles zu Ende ist. Nun, ich bin eines Besseren belehrt worden«, stellt David fest.

»Erklären kann ich es nicht. Ich glaube, dass es mehr Menschen gibt, die eine solche Begabung wie Sie haben. Es wird nicht darüber gesprochen, denn man würde jemanden, der sagt, dass er tote Menschen sehen kann, nicht ernst nehmen.

Ich selbst hätte jeden, der so etwas behauptet hätte, als Spinner abgetan und ihm ganz gewiss nicht geglaubt.

Ich stelle mir vor, dass es eine seltene, besondere Begabung ist. Wie zum Beispiel eine besondere wissenschaftliche oder musikalische Begabung. Ein zusätzliches Talent«, meint er.

»Ich bin Ihnen unendlich dankbar, denn nur durch Ihr Eingreifen konnte meine Schwester gerettet werden.

Dass ich Sie als einen toten Menschen sehen kann, muss ich noch verarbeiten«, seufzt Anne.

»Ich nehme an, dass meine Aufgabe, die ich übernommen habe, als ich Ihre Trauer sah, beendet ist. Wir werden uns manchmal sehen, wenn Sie das Grab Ihrer Nichte aufsuchen.

Denn mein Vorhaben, den Mörder meiner Nichte zu finden, wird mich hier wahrscheinlich noch festhalten.«

»David, ich habe versprochen, dass ich Ihnen bei der Aufklärung des Mordes an Ihrer Nichte helfen werde, wenn ich kann. Ich lasse mir die Akte kommen und werde mich informieren.

In den nächsten Tagen werde ich kommen und Sie können mir dann mitteilen, was Sie selbst erfahren haben, seit Sie tot sind.

Eigentlich brauchen wir uns nicht mehr hier zu treffen. Sie können ja zu mir ins Büro kommen«, lächelt Anne David zu.

»Machen wir es so. In Ihrem Büro sind wir ungestört, ich werde merken, wenn Sie allein sind.

Sollten Sie mich dringend sprechen müssen, können sie hierherkommen, ich bin fast immer hier.«

»Jetzt fällt mir ein, dass Linda Sie auch sehen kann. Als Sie mich vor dem Haus nach dem Anschlag auf Kerstin angesprochen haben, fragte sie mich, wer der Mann gewesen sei, mit dem ich gerade gesprochen habe.

Ich werde jetzt nach Hause fahren und Linda darauf ansprechen«, sagt sie aufgeregt.

»Ja, ich habe gemerkt, dass mich Ihre Tochter auch sehen kann«, bestätigt David.

»Ich wünsche Ihnen noch viel Kraft bei dem,

was Sie noch zu tun haben. Wir bleiben im Kontakt«, verabschiedet sich David.

Anne steht auf und geht zu Sinas Grab, um Blumen zu gießen und spricht ein kurzes Gebet. Als sie sich umdreht, kann sie David nicht mehr sehen.

Sie geht langsam zum Friedhofausgang und fährt nach Hause.

Ende